BANC DE BRUME

SOPHIE BERGER

BANC
DE BRUME

roman

GALLIMARD

1

Debout devant le miroir, je scrute mon reflet dans une veste aviateur col mouton, marron glacé. Elle avait du goût, la vieille. Mes frères continuent de trier. Il faut débarrasser, les morts laissent toujours trop. Ma sœur siffle dans ma direction avant de replonger dans la garde-robe de Raymonde et on éclate de rire, même si on ne sait pas s'il faut rire ou pleurer, un jour comme celui-là. Le papier peint des murs nous rend un écho tordu. Face à l'armoire, Étienne ne bouge plus. Il tient un morceau de journal qu'il vient d'extraire d'une pile de linge. Adrien, Sarah et moi, on s'approche tous les trois de notre frère. Sans bruit. On voit un article avec une photo sans couleur, floue et jaunie. On lit : « Un avion s'écrase sur un hameau : trois morts, deux jeunes mariés et le pilote. » Sur l'image, on ne distingue pas bien la ferme que la légende annonce, mais on voit des gendarmes. Étienne est toujours immobile. Adrien se laisse tomber sur le lit, les ressorts s'en plaignent. Sarah ôte le chapeau cloche bordeaux qui lui mange le front. Un relent de naphtaline s'échappe des vêtements pliés sur l'étagère. Ça pique le nez. Sur la table de chevet, la trotteuse d'un réveil sans âge scande les secondes à côté d'un fatras en attente d'une routine révolue : un chapelet en buis, une boîte de médicaments entamée, une lampe ébréchée, une grille de mots croisés inachevée, *coup en 4 lettres* – CHOC, un Bic bleu sans bouchon.

C'est la première fois qu'on trouve une trace tangible de l'accident de notre oncle Olivier et de notre tante Yvonne. Cet article, ça ne peut être que ça. Qu'aurait-elle pu ainsi conserver d'autre, la grand-tante ? Tout ce qu'on savait, c'est qu'ils étaient morts tous les deux, dans un accident d'avion, quelques jours seulement après leur mariage en Bretagne. Cette histoire de ferme sur laquelle l'avion serait tombé, ce bout de papier conservé au milieu des mouchoirs bien repassés nous l'apprend. Bizarrement, on n'a pas eu assez d'imagination pour prévoir qu'il existait des articles de presse sur le drame. On s'était habitués au silence dur qui entourait l'oncle et sa femme. Une seule fois, il avait menacé de rompre. Mon père était devenu blême, ma mère rouge. Elle avait articulé des mots qui n'étaient pas parvenus à mes oreilles. Le son échoué au-dedans. Une pâte molle en bouche, au goût de sel des larmes qui s'étaient frayé un chemin sur son visage. Les corps s'étaient chargés de nous passer la consigne. On s'était rangés au silence. Ça nous avait paru évident. Même pas un raisonnement. Une réaction d'enfant. Instinctive. Un ricochet qui s'est prolongé jusque dans l'âge adulte. Olivier et Yvonne : l'oncle et la tante inconnus.

Le bruit d'un verre brisé sur le carrelage à l'étage du dessous colmate notre surprise. En bas, les grands-parents vident une partie du buffet : des couverts déversés dans des sacs en plastique, des assiettes en faïence bleue empilées. Étienne tient toujours le morceau de journal. Ses yeux font des allers-retours. La porte de la chambre, l'article. Quand, gamin, il chapardait des fraises Tagada dans la boîte Quality Street du placard de cuisine, il avait la même tête. Il ne faut pas que les grands-parents voient qu'on a vu. Je me dis ça. On a peur d'être pris en flagrant délit, même si on ne sait pas trop de quoi. C'est stupide. On est en 2010, on a tous les quatre entre vingt et trente ans. On remet l'article là où on l'a trouvé. On n'en parle pas. On ne parle plus.

On dirait qu'on vient d'apprendre la mort de quelqu'un, là, dans cette chambre. On n'a fait qu'apprendre des détails sur des morts de quelques décennies déjà. On retourne ranger les affaires de l'aïeule. Chacun reprend sa place. Le miroir surprend ma mine défaite. J'ai toujours la veste sur moi, elle est beaucoup trop chaude.

2

Quand le directeur du festival de Brest m'appelle pour me proposer de mener des ateliers radio dans un lycée maritime, j'accepte sans trop hésiter. C'est la fin du premier confinement : 2020 a imprimé son ralenti sur mon activité de réalisatrice son. Il me parle du lycée maritime du Guilvinec, à une heure et demie de route d'Étel, où je vis. Il sait que j'y serai à l'aise, il connaît mes pièces radiophoniques ; elles regorgent d'océans et de marins. Il me donne rendez-vous au *Guil'* à la rentrée scolaire. Je n'ai rien laissé paraître mais le nom a déclenché en moi le rappel de l'accident de l'oncle et la tante. *Le Guilvinec.* Une piqûre qui lance dans un membre fantôme. J'ai toujours su que des preuves du drame familial existent là-bas, quelque part sous terre.

Septembre sonne. Il faut bien y aller, au Guilvinec. Un premier atelier, des gamins de dix-sept ans me parlent du patron de pêche avec qui ils ont embarqué l'été. Parfois un oncle, un père. La pêche en héritage. D'autres sont là pour *éviter de faire des conneries*. Simplement ça. Dans mon sac : une paire de petites enceintes, des micros statiques, mon Nagra. On écoute ensemble une de mes pièces maritimes. Ils reconnaissent le bruit des moteurs du navire. On va sur le port, juste à côté, et ils prennent tour à tour les micros et l'enregistreur.

Le *Bara Breizh* est à quai, le poisson déchargé depuis longtemps. Un élève monte à bord et s'approche d'un des hommes en train de ramender le filet. L'élève tend maladroitement le micro. Son premier enregistrement. Essaye de capter le son des gestes, de l'aiguille qui fait des allers-retours entre les mailles du chalut déchiré. Il s'approche de la bouche de l'homme, se demande s'il va parler, s'il doit lui poser une question. Je lui fais des signes pour l'encourager. Ne te presse pas et assume ton geste. Ne pense pas que tu prends quelque chose quand tu prends du son, que c'est un vol, au contraire, c'est un don, un échange. C'est une relation. Donne-lui ton regard, donne ton sourire, sois présent, là, maintenant, avec lui. Le son portera la trace de cette relation, il faut qu'elle existe, que tu la fasses exister. Le micro ne captera rien tout seul. C'est le corps du preneur de son qui décide. Le son passe par ce corps. Écoute vraiment, et laisse-toi guider par ton écoute. Ferme les yeux au besoin, pour mieux entendre. Et laisse le son se déployer, laisse-lui le temps. Fais pareil pour la voix. Laisse-lui l'espace. La liberté. Ne pose pas trop de questions, mais sois là, avec ton corps, en silence. La voix dit tout d'une personne. Elle livre au-delà des mots, c'est un bain révélateur.

À la sortie de l'établissement, je reprends ma voiture sur le parking qu'occupent les fumeurs. À quelques centaines de mètres, la rue de la gare débouche sur l'entrée du cimetière. Même pas un détour. Je cherche longtemps à travers les rangées de pierres. Les allées récitent leurs fantômes. Je cherche les miens. La tombe qui réunit Olivier et Yvonne pour l'éternité. Mes pas sur les gravillons se chargent de la BO de notre première rencontre.

La tombe est là. Au coin d'une rangée, près d'un muret de pierre. Une inscription sobre en lettres dorées scelle leur destin commun. Leurs deux noms accolés à la date de leur décès. Presque quarante-cinq ans qu'ils ont été déposés là. J'essaye de former une image de toute ma famille réunie à cet endroit précis, un jour de janvier. Vertige. Quelque chose qui se contracte dans le ventre. Il n'y a que le soleil de septembre qui éblouit et fait buter mon imagination.

J'ai l'impression qu'il faut trouver quelque chose à faire ou à dire. Quelque chose qui sonnerait comme des présentations. *Salut, moi c'est Alice. Je suis votre nièce. La fille de ta sœur, Olivier. Enfin, je suis la troisième. Il y a aussi Étienne, Adrien et Sarah. J'ai trente-cinq ans. Voilà.* Je souris. Ils ne peuvent pas m'entendre. Mais je sens que ça se fissure en moi. C'est bizarre de se montrer là, maintenant. Qu'est-ce qu'on a foutu tout ce temps, nous, les neveux et nièces ? Ça ne m'a jamais gênée de ne pas connaître leur histoire. Pourtant, là, devant leur tombe, ça m'apparaît incongru.

Plus encore : insupportable. Comme un oubli volontaire auquel j'ai pris part. Une omission qui recèle sa part de violence. *Je sais si peu de vous.* Tout éclate brutalement là, dans le reflet du marbre gris.

Plus loin, un couple arrange un pot d'azalées. Je m'assieds sur le coin de la tombe. Je ne sais pas très bien si j'en ai le droit, mais personne ne fait attention. Je n'ai plus de jambes. Ça fourmille. Pas la force de continuer les présentations. Ça me colle une impression de visiter un vieux couple de parents enracinés dans une campagne, que je n'aurais pas vus depuis longtemps, avec la culpabilité d'avoir mené une vie ailleurs, à la ville, sans être jamais revenue sur mes pas. L'heure du retour a sonné. Ça sent la honte. Des questions restées dans la gorge, neutralisées plus en amont, avant même d'exister dans le cerveau. Comme une anesthésie hyper localisée autour d'Olivier et Yvonne. Ne pas causer de peine à ma mère, ne pas faire couler ses larmes, ne pas remuer cette histoire, ne pas même l'évoquer. Ne pas, ne pas. La négation intégrée au-dedans jusqu'à ne plus la voir. La pierre gravée lui redonne chair.

Quand mon corps devient tellement encombrant que je ne sais plus comment me tenir là au milieu de la gêne et de la culpabilité, je tire le téléphone de la poche de mon gilet lâche. À défaut de venir, les frères et sœur pourront au moins voir une photo de ce coin d'allée. Le téléphone capture la pierre avec le son factice de l'obturateur reflex.

3

Alice, quand tu nous as envoyé la photo de leur tombe, l'autre jour, j'ai réalisé à quel point on ne sait rien ou presque. D'eux. De leur vie. Leur accident. On devrait se documenter. Je ne pensais plus à cet article trouvé chez Raymonde, mais il me semble avoir gardé en mémoire une photo de gendarmes dans une cour de ferme. Je ne crois pas en avoir de copie.

Le texto d'Étienne m'arrive un matin. Aucun de nous n'avait eu l'idée de faire une photo de la coupure de presse. On n'avait fait que perpétuer le silence qui poisse cette histoire depuis le début.

Des gendarmes dans une cour de ferme. J'essaye de reconstituer le cliché noir et blanc, en vain. Vient s'y substituer une autre image, que je croyais être celle du journal. C'est celle-ci que ma mémoire a conservée. Ou plutôt fabriquée, sans doute. Une ferme éventrée. Les décombres d'une bâtisse qui attestent de la violence d'un crash d'avion. Je suis incapable de dire où se situe la ferme. Au Guilvinec, où ils sont enterrés ? Ailleurs en Bretagne ? Plus loin peut-être ?

Je suis là, dans la cuisine ; mon téléphone à l'écran cassé me ramène à ma mémoire en morceaux. À l'étage, Yann aide Léonie à monter son circuit de train. J'entends sa petite voix. *Encore, encore.* Je l'imagine apporter à son père, un à un, les rails en bois, en repoussant, de l'autre main, la mèche de boucles blondes qui lui tombe sur les yeux. Quand il rentre de la pêche, Yann peut rester des heures à jouer avec elle. Rattraper les mois passés en mer sur le thonier senneur. Deux mois, parfois un peu plus, pendant lesquels sa fille n'existe que par une succession de messages-photos en quantité limitée. Jamais de vidéos, trop lourdes pour ses connexions Internet par satellite. Rarement des appels. Qu'est-ce que ces clichés peuvent dire de Léonie qui grandit de jour en jour ? La vie syncopée sur écran. Des à-coups de réel mal cadrés et muets. Il le sait. Chaque fois qu'il rentre, l'impression de retrouver une autre enfant que celle qu'il a laissée. La joie folle des retrouvailles foudroyée par l'éloignement palpable. Cette façon de tenir sa cuillère. Les traces de la vie écoulée dans le corps, les gestes, la voix. Le temps a passé sans lui. Les premiers mots, ratés. Les premiers pas. Premiers anniversaires. La vie continue de se dévider. Les retours de Yann contiennent toujours ça : la violence encastrée dans l'euphorie. Son absence dans sa présence. Alors il fait ce qu'il peut, lorsqu'il est à terre, à la maison à temps plein. Ils ont leurs rituels. Ils s'assoient en Indiens dans la chambre aux murs vert pomme, et Yann raconte à Léonie des histoires de marins et de pirates qui finissent par des attaques de baisers et des crises de rire. Elle voudrait que ça dure longtemps. Avec lui, elle fait souvent le signe de l'index au creux de sa main, celui qu'elle a appris, bébé, quand elle n'avait pas les mots. *Encore, encore.* Ensuite, elle sort une de ses caisses de jeux et Yann s'y prête avec une bonne volonté qui n'en finit pas de me fasciner. J'ai toujours un œil sur mon téléphone. Lui, jamais. C'est un objet qui n'a aucun sens pour lui. En mer, il n'a pas de réseau. À terre, il n'a pas de rendez-vous, pas d'emploi du temps, il vit au présent. Son répondeur encaisse les messages. Son entourage sait qu'il ne faut pas attendre qu'il rappelle.

Sur l'écran de mon smartphone : le message d'Étienne. *Se documenter.* Le mot enfle. Il ouvre une brèche en moi. Rechercher des articles de journaux sur l'accident, je ne l'avais jamais envisagé. Je n'étais pas née quand ça s'est produit. Mes frères et ma sœur non plus. Étienne est arrivé pile un an après leur mort, comme une façon de renouveler l'air de janvier. Ma mère est l'unique sœur de l'oncle disparu jeune. Dans sa vingtaine.

Se documenter. Je prends le message de mon frère comme une autorisation. Le verbe à l'infinitif danse dans mon esprit. Je ne ferais rien de mal, je chercherais juste à me *documenter*. C'est parfait, ça fait bonne élève ; après tout, je l'ai toujours été. Dans Google, je tape : *accident d'avion 4 janvier 76 Bretagne*. Rien. *Bretagne crash avion morts 4 jan-*

vier 1976. Douze victimes de février 70 dans un avion bimoteur à Lann-Bihoué. Rien sur mes morts. Je ne sais pas quoi ajouter à ma recherche. Ce qui me frappe soudain, c'est l'étendue d'un silence qui a limé tous les détails. Le passé n'offre aucune prise. Il s'est dérobé.

4

L'image perdure dans la mémoire, implacable et statique, comme l'était ce portrait photographique. Le cadre de verre du couloir de la maison d'enfance enserrait trois photos. Perdu définitivement le souvenir de deux d'entre elles. À la surface du mur, des creux formés par la paroi légèrement enfoncée par endroits. La sensation persiste encore sous mes doigts. Grain très fin. Un papier peint velouté, violet bariolé, à petites fleurs roses. Une pluie de fleurs, du plafond au sol, d'un kitsch total, qui n'a jamais semblé déranger les parents. Le cadre, là, derrière la porte d'entrée – était-ce vraiment un cadre ? Un verre sans bord, qui renfermait la photo de l'oncle disparu. La troisième photo. Pull rouge col en V, pantalon pattes d'eph, cheveux ondulés. Dans cette photo, passée par les années et les rayons du soleil, se dissout intégralement le souvenir de mon oncle. L'image révélée n'a jamais offert aucune réalité à cet inconnu photo couleurs. Olivier pose jeune homme, une maison à l'arrière-plan. Dans l'herbe, assis comme lui, son chien Ludo, seul à regarder l'objectif. Kodak argentique deux cent vingt grammes en dix par quinze : première trace de son existence.

Le matin, odeur de pain grillé persistante, je m'asseyais sur l'escalier de bois pour mettre mes chaussures. La marche craquait au moment où mon regard se relevait, forcément en direction de la photo. Je repense à une paire de souliers en nubuck bleu, doux comme le papier peint, que je commençais inévitablement par enfiler pied gauche à droite, sous le sourire figé de l'homme au chien. Je n'ai aucun souvenir du jour où j'ai pointé le doigt vers cet inconnu qui me surveillait tous les matins. Je ne sais pas si c'est avant ou après m'être aperçue que le même cliché se trouvait dans un autre cadre, sur la nappe de dentelle blanche, dans le salon de mes grands-parents. Mais je suis certaine d'avoir demandé qui était l'homme qui souriait, pull rouge sous le ciel bleu. L'émotion assurément dans l'explication laconique de ma mère, les nasales trémolos et le son de la porte d'entrée qui s'est ouverte après, sans doute, pour le départ à l'école.

Les fleurs roses se sont fanées ce jour-là, au mur de la maison de la petite fille. Alice a fait comme si. Le cartable Tann's a pesé une tonne, et les chaussures bleues délavées ont fait semblant de la porter. Allée dallée pour rejoindre la Renault bleu marine : dos arrondi, tête baissée, bretelles qui scient les épaules. La coquille de l'escargot jusqu'à la voiture. Le fardeau qu'on dépose sur le plancher du véhicule. Starter et démarrage embué, les questions qu'on retient dans la gorge pour toujours. La raideur de la banquette arrière, le dos redevenu bien droit, plaqué contre le froid synthétique de la Super 5.

5

Si je liste les pièces du puzzle, il y a si peu. Un mariage et un accident d'avion, peu de temps après. Je ne saurais pas dire au juste : peut-être quatre, peut-être huit jours ? Deux cérémonies la même semaine ? Un couple. Olivier, mon oncle jeune homme, éternellement *seventies*. Yvonne, dans sa robe de crêpe blanche, la seule que je lui connaisse, celle du cadre photo sur la commode des grands-parents – jeune mariée pour toujours. Tout entière dans son mystère sous le voile en dentelle. Leur chien Ludo, que j'ai souvent retrouvé sur des clichés familiaux. Après l'accident, le chien avait été recueilli par mes grands-parents. Mes frères l'ont bien connu. Dans les albums, je l'ai parfois confondu avec l'autre setter anglais, celui que les parents d'Olivier avaient repris, après la mort de Ludo. Diabolo en était la copie conforme. Je me suis souvent demandé, petite, pourquoi les grands-parents étaient aussi attachés à leur chien. Sans l'accident de leur fils, ils n'en auraient certainement jamais eu. Et ce legs bien vivant a sans doute été une façon de continuer d'aller de l'avant. Je revois mon grand-père, colonel à la retraite, raide jusqu'à la fin de sa vie, promener le setter au bord du lac du Bourget, qu'il avait choisi pour y couler une retraite sédentaire après les déménagements successifs auxquels sa vie professionnelle l'avait habitué. Ce retour aux paysages de son enfance, près des montagnes, sur l'autre rive du lac, il l'avait attendu longtemps. Il était d'abord revenu dans la région, vivre à Chambéry, lorsque Sylvie et Olivier étaient adolescents, et puis le magnétisme du lac l'avait fait déménager dès qu'il avait pu. Je me demande si c'était le maître qui promenait le chien ou l'inverse. Juste après l'accident, la laisse avait peut-être tracté un mort-vivant de ce côté-ci du rivage. Le Bourget-en-Achéron.

Dans ma liste encore, la cause de l'accident. Peut-être un orage. Impossible de situer le lieu du crash. Subsiste seulement le nom de la ville où ils sont enterrés et ont probablement vécu. Le Guilvinec : petite localité côtière du Finistère. Et puis cette date. 4 janvier 1976. Elle agit sur nous comme un philtre maléfique. C'est par la date que l'histoire s'est glissée dans nos vies. C'est par cette poisse sourde qui collait à nos Noëls de gamins et aux débuts de janvier que l'histoire a transpiré. Une chimie qui s'est passée de mots. Un héritage entré par les pores de nos peaux d'enfants.

Le puzzle s'arrête presque là. Ou plutôt, il s'est longtemps arrêté là. Jusqu'à la mort de Raymonde et cette équipée pour vider la minuscule maison de l'aïeule. 2010. Là, l'armoire. L'article de journal. Le coup au cœur. Et cette photo que ma mémoire n'a pas enregistrée. L'avion tombé sur une ferme. Mais où ? L'article l'avait forcément mentionné. On ne quitte pas si facilement le silence. Les éléments qui auraient dû le trouer avaient glissé dessus sans laisser aucune trace.

Quelques mois plus tard, il y a eu cet autre signe isolé. L'été qui a suivi le décès de Raymonde, je suis partie visiter la Bretagne. À cette époque-là, je terminais mes études d'ingénieure du son à Paris. J'ai emprunté la vieille Super 5 de ma mère à Nantes et j'ai pris les routes avec mon petit ami. Pont-Aven, Concarneau, Pont-l'Abbé. Léo et moi, vingt-cinq ans, le grand amour qu'on se jure dans les yeux au bord d'une départementale, Shakira, *Waka Waka*, et Stromae, *Alors on danse,* dans l'autoradio. Le grand-père de Léo, chirurgien parisien réputé, avait longtemps fait cette route, à une autre époque. Il descendait une fois par mois dans un hôpital à Pont-l'Abbé, soigner le mal du pays bigouden : les luxations congénitales de la hanche. Quand j'ai rendu les clés de la Renault à ma mère, avant de reprendre mon train, j'ai raconté les cités bretonnes, le soleil sur la peau, les plages de sable. J'ai dessiné le parcours sur une carte mentale. Le nom de *Pont-l'Abbé* a déclenché une révélation qui a fait semblant de ne pas en être une. *Tu sais qu'Yvonne était infirmière à l'hôpital de Pont-l'Abbé.* Je me souviens de la cuisine de ma mère à cet instant. La toute petite cuisine humide, de la femme qui était en train de reconquérir sa liberté depuis qu'elle avait quitté mon père. J'ai entendu l'horloge battre les secondes et j'ai regardé la louche qui séchait dans l'égouttoir. Elle ne m'était d'aucun secours. Rien ne trompait notre silence.

À Paris, au retour, le nom de Pont-l'Abbé a provoqué un second séisme que je n'ai pas perçu. Lors d'un dîner chez une amie retraitée, on a raconté nos vacances. Marie-Paule nous connaissait d'une émission de radio pour laquelle on travaillait tous les deux, Léo comme journaliste pigiste, moi, comme stagiaire à la réalisation, pour valider mon diplôme d'ingénieure du son. L'émission se passait en direct et en public dans un café argentin, la radio y posait ses valises chaque fin de semaine. On déployait des racks de matériel dans un coin, près du comptoir. Marie-Paule y assistait souvent et s'était prise d'affection pour nous. On avait l'âge des petits-enfants qu'elle n'avait pas eus. Quand elle nous a reçus dans son appartement du cinquième arrondissement, on a raconté notre été et la Bretagne, qu'elle avait bien connue, plus jeune. Elle faisait partie des Bretonnes *montées* à Paris. La capitale lui avait offert le salut de l'anonymat. À Pont-l'Abbé, elle était devenue pour tous la femme délaissée par son mari, médecin parti avec une patiente plus jeune. Elle ne voulait pas croiser *l'autre* à la boulangerie. Léo a raconté son grand-père, Marie-Paule a décrit l'homme, versant professionnel. Il disait *mon grand-père*, elle, le *professeur Bernard*. Elle souriait timidement à cet homme en blouse, dans les couloirs de l'Hôtel-Dieu de Pont-l'Abbé où elle travaillait comme infirmière-anesthésiste, aux côtés de quelques laïques, rares parmi les bonnes sœurs qui y officiaient, dans les années 70. Je ne sais plus si la coïncidence avait déjà été établie avant ce dîner ou pas. Peut-être que c'était même pour cette raison qu'elle nous avait invités chez elle. Quand on a débarrassé les assiettes, j'ai tenté avec détachement :

— Et alors peut-être que tu as connu ma tante également ? Je viens d'apprendre qu'elle travaillait aussi à l'hôpital de Pont-l'Abbé. Elle était infirmière.

— Comment s'appelle ta tante ?

— Yvonne. Mais elle est décédée. Jeune.

Yvonne. Le prénom a agi comme un coup d'éclair. *Mon Dieu, Yvonne.* Elle se souvenait si bien qu'elle ne disait plus rien. Elle revoyait sa collègue, pleine de vie, dans les couloirs de l'hôpital, et puis la silhouette de mon grand-père, le jour de l'enterrement. Digne, raide. Un *grand monsieur.* Derrière la description, j'ai reconnu celui que j'avais toujours appelé *Grand-père.* Et j'ai été émue, ce soir-là, d'avoir accès, pour la première fois, aux bribes d'une histoire qu'on ne m'avait jamais racontée. Elle était aussi troublée que moi de voir surgir la trace de ces morts de Bretagne. J'ai bricolé quelques images à partir des mots de Marie-Paule. *Bien sûr, tout le monde était là. Pour le mariage et pour les obsèques. La même semaine. Bien sûr, tout le monde a été marqué, tu sais.* Bien sûr, je ne savais rien.

6

Brigitte Bardot est dans les murs ! Brigitte Bardot est dans les murs !

Yvonne parcourt le couloir du service d'orthopédie de l'Hôtel-Dieu à la recherche de sa collègue pour lui annoncer. Nicole croit d'abord à un canular. Yvonne a de la malice sous ses airs sérieux. Sans doute pas pour rien qu'elle sort avec un garçon comme Olivier. Elle le lui a présenté la semaine dernière, ils sont allés boire un verre tous les trois chez Mimile, sur le port, à Treffiagat.

— Viens voir.

Yvonne entraîne Nicole au bout du couloir. Sur le palier du premier étage, tous les malades sont amassés là, devant la cage d'ascenseur en verre. Sous leurs yeux, des plâtrés, des béquillés, des perfusés, équipés mobiles, des fauteuils roulants.

— Ils attendent qu'elle redescende. Les visites sont terminées, elle ne devrait plus tarder, souffle Yvonne à l'oreille de Nicole. Mais regarde-moi ça !

Les blouses de l'hôpital, attachées par un cordon dans

le haut du cou, laissent dépasser des dizaines de paires de fesses blanches et ramollies. Les types se pressent contre la paroi vitrée. Ils jouent des cannes. Personne pour les chasser. Les sœurs en chasubles noires sont parties à vêpres. La cloche de la chapelle du monastère, juste en face, vient de battre le rappel. À cette heure, il n'y a plus que Nicole et Yvonne.

La machinerie se met en branle. Le câble bouge et tracte la cage. Un dernier traîne-la-patte dépasse Yvonne et Nicole pour venir s'agglutiner contre les autres en espérant n'avoir pas raté le spectacle. Une paire de jambes chaussées de cuissardes noires apparaît derrière la vitre de la porte de l'ascenseur. Apnée générale. Ils retiennent leur souffle, même ceux qui n'en ont plus. Exclamation collective à la vue de la minijupe. Quelques-uns s'égosillent dans l'espoir de la faire se retourner. Mais elle n'offre que sa chevelure et son dos. L'ascenseur continue sa course vers le rez-de-chaussée. *C'est raté pour voir ses nichons!* crie un vieux. *Au moins, on aura vu son cul!* Éclat de rire collectif, suivi de quintes de toux.

Nicole n'en revient pas. B.B., ici, à Pont-l'Abbé. La fille du cinéma. La star. Yvonne frappe dans ses mains. *Allez allez, messieurs, retournez dans vos chambres maintenant, s'il vous plaît.* Aussitôt, la cour des miracles se disperse comme elle s'était formée: une colonne d'escargots cabossés, ragaillardis par un mirage, reprend le couloir. Yvonne et Nicole ne peuvent s'empêcher d'échanger un sourire complice en voyant s'éloigner le cortège de fesses à l'air. Prochain horizon de leur léthargie: attendre le dîner que les infirmières passeront déposer, quand les sœurs seront revenues des vêpres.

Tu te rends compte, Nicole, on va peut-être passer à la télévision ? Le lendemain, Yvonne voit revenir Bardot. Elle s'occupe d'un malade au troisième étage. Un accidenté de la route dans un sale état. D'abord, ça l'amuse. Puis, de moins en moins. Les journalistes se pressent dans le hall de l'hôpital. Ils envahissent les couloirs. Les malades déambulent à la recherche de la star, qui s'enferme dans la chambre 306 avec le patient couvert de bandelettes. Un matin, sœur Marie du Bon Pasteur la trouve étendue sur la momie. Doux Jésus ! Allongée joue contre joue sur un malade en traction ! Une autre fois, Yvonne surprend B.B. en train de se servir un café dans leur salle de pause. Faut pas se gêner. Tout bien réfléchi, Yvonne la préfère en photo dans les magazines.

7

Léonie est coincée dans son siège auto et Yann m'attend pour démarrer. *Qu'est-ce que tu fabriques ? On va être en retard au baptême. C'est ta nièce, merde.* Talons hauts pressés, portières claquées, crissement de pneus, soupirs, voix du GPS qui annonce l'arrivée à Nantes d'ici à une heure et vingt-neuf minutes. Sur la quatre voies, Léonie s'endort et j'ouvre le livre extirpé de la boîte aux lettres au moment de partir. Le second volume de l'autobiographie de Brigitte Bardot, commandé d'occasion quelques jours plus tôt. Je m'empresse de le feuilleter, à la recherche d'une anecdote, livrée par Marie-Paule des années plus tôt, revenue en mémoire après mon passage au cimetière.

Je cherche des dates, des lieux. Pont-l'Abbé. 1975. 1974. Je finis par tomber dessus aux toutes premières pages. Bardot fait le récit de sa venue au chevet du journaliste Philippe G., à l'hôpital de Pont-l'Abbé. Elle l'a rencontré, quelques semaines plus tôt, lors d'une interview pendant laquelle il s'est montré odieux. Philippe G. lui offre fleurs et mot d'excuses. S'ensuit une invitation à déjeuner, un coup de foudre réciproque que la star n'hésite pas à qualifier de « crucifixion ». Ils envisagent de se revoir rapidement. Elle attend l'appel du journaliste et se prépare à le suivre en emmenant avec elle ses chiennes Nini et Pichnou. Pendant quelques jours, Brigitte est sans nouvelles de Philippe. Elle répond à d'autres interviews, passe à *Aujourd'hui Madame* sur Antenne 2 pour une émission spéciale et apprend que Philippe G. a eu un grave accident de voiture alors qu'il était en reportage dans le Finistère. Charles G. lui téléphone un soir et la supplie d'aller au chevet de son frère à l'hôpital de Pont-l'Abbé, où il est entre la vie et la mort. Fracture du bassin et contusions multiples. Dans son malheur, il avait eu la chance de tomber sur le jour de présence du professeur Bernard à l'Hôtel-Dieu de Pont-l'Abbé. On venait de loin pour se faire opérer par le spécialiste parisien.

Je scrute dans le récit que fait Brigitte Bardot une silhouette d'infirmière, tapie entre les lignes, qui pourrait me faire penser à ma tante. D'Yvonne, elle ne dit rien. Elle raconte les bonnes sœurs qui la prenaient pour la femme du malade et le professeur Bernard qui la remercie de se dévouer pour aider ce malheureux à guérir. Elle raconte le prince charmant transformé en momie. Ce qui me frappe, c'est l'évocation de son trajet retour vers Paris. Elle prend place dans un avion bimoteur qui essuie une « tornade faramineuse » pendant laquelle elle « croit réellement mourir ». B.B. hurle dans le cockpit, comme ma tante Yvonne a hurlé, deux ans plus tard, dans un autre avion. L'écho m'arrime au dossier du siège passager. Yann vient de donner un coup de frein sec. Je regarde la route puis le rétroviseur. Léonie ne s'est pas réveillée. Celui qui a déboîté inopinément s'est rabattu sans clignotant. Yann en profite pour me demander ce que je regarde depuis tout à l'heure. Je souris. L'autobiographie de Brigitte Bardot. Je le laisse rouler, sans plus d'explication.

En arrivant au baptême, B.B. leste mon sac à main et mes pensées. La cérémonie terminée, on se réunit dans le jardin, chez Adrien. Les gamins s'organisent pour terrasser un coin de pelouse, et déjà, la baptisée en robe blanche prend la terre noire à pleines mains pour remplir la pelle d'un tracteur. Léonie arrache l'herbe par poignées et la charge dans la benne du camion d'à côté. Le chantier est lancé. Les cinq gamins s'affairent pour le meilleur et pour le pire : tronçon de jardin dévasté, vêtements neufs couverts de terre.

— Et toi, Alice, qu'est-ce que tu fais en ce moment ?

Les parents de ma belle-sœur me tendent une coupe pour accompagner la question.

— Toujours pareil, je *fais du son*, vous savez.

— En ce moment, elle donne des ateliers radio à des élèves au Guilvinec, dans le Finistère.

Yann s'est lancé à ma place dans un descriptif du projet. Je reste accrochée à mon verre. Ma mère, juste derrière, a entendu. Ça bat dans mes tempes. Les voix deviennent une pâte sourde.

— Tu travailles au Guilvinec, Alice ?

— Oui, j'ai commencé. J'y suis allée une fois, je vais y retourner régulièrement ces prochains mois.

— C'est bien.

Le silence retombe derrière les mots. Quelque chose qui éclabousse. Je sens l'enveloppe de chair de ma mère se raidir. *Le Guilvinec* solidifie son sang et Méduse fait son entrée. Je voudrais lui dire pour la tombe, mais elle ne m'en laisse pas le temps. Elle a saisi un couteau en bambou, sans dents, sur la table du buffet.

— Est-ce que tu sais s'il y a des vrais couteaux quelque part, pour le gâteau ?

Sans attendre ma réponse, elle file dans la cuisine.

Le goût de l'air me flanque subitement le souvenir d'une journée d'automne dans un jardin, après une autre cérémonie. Dix ans plus tôt. Une bande de copains de lycée, réunis quelques années après le bac. On s'était tous retrouvés, une rose blanche à la main, un matin de novembre. On avait essayé d'être dignes, mais ça n'avait pas tenu longtemps. On était ravagés par le chagrin. Le cœur de celui que j'avais aimé quelques mois plus tôt venait de lâcher. On aurait caché nos têtes rougies, on aurait voulu se blottir contre des mamans. On avait l'air con quand la vie s'arrêtait juste à côté, quand le cœur d'un copain stoppait net. Le coup du sort voulait que ce soit son cœur à lui. Sans signe avant-coureur. La soudaine conscience, à vingt-cinq ans, du menu fil qui relie à la vie. Par hasard, lui et moi, on était nés dans la même maternité, à un jour d'écart. Par hasard, son cœur avait cessé de battre. Et la question qui frappait tous ceux qui restaient : pourquoi lui ? Souvenir gravé du sourire de Léo, dans ce rayon de soleil parisien, métro Jaurès, trois jours avant sa mort, et de la photo que j'en avais pris. Léo me plantait. Léo mon jumeau. Et le froid de sa joue raidie, dans la boîte, m'avait laissé une échelle de mesure de mes morts à venir. Mon corps s'était effondré plusieurs mois, cet hiver-là. Officiellement, une mononucléose. Officieusement, Léo n'était plus. Et dans le jardin où nous étions tous réunis après la cérémonie, j'avais vu le visage de sa sœur unique, la vingtaine. Il m'avait renvoyé l'image de ma mère que je ne cessais de lui superposer. Il donnait corps à ce que j'avais imaginé d'elle, endeuillée, des années plus tôt, par la perte du frère unique. Et le chagrin pour ma mère, coincée dans son deuil sans fin, s'était ajouté au chagrin d'avoir perdu Léo.

Dans le jardin du baptême, ma mère est engoncée dans un manteau de lainage noir. L'humidité de la fin d'après-midi commence à s'infiltrer dans nos corps. Les enfants sont toujours au chantier, les adultes au champagne. Sarah intercepte un camion-benne en plastique que notre nièce vient de remplir de pétales de dahlias roses. L'enfant bruite triomphalement le camion qui recule, avec son chargement. Le baptême a l'air de lui réussir. C'est moins le cas du parterre de dahlias que son père a planté avec soin. Adrien s'est découvert une passion pour le jardinage en achetant la maison, à son arrivée à Nantes, où il est revenu vivre. Sa première maison avec jardin après des années d'appartements parisiens tous plus étriqués les uns que les autres. Adrien a commencé par tondre la pelouse par nécessité. Puis il s'est mis à imaginer des parterres de fleurs. Enfin, un potager. Des tomates et des herbes aromatiques au début.

Très vite, des courges, des pommes de terre, des salades. Des heures sur *forum.permaculture.fr.* La vie des sols, le paillage, la récupération des eaux. Il a tout appris. 2020 a achevé de convertir l'informaticien parisien au bord du *burn out* en provincial 2.0 fier de son bout de terrain. Désormais, il fait ses heures, au bureau, et les autres au jardin. Le plus qu'il peut. Il essaye de transmettre la passion aux enfants. Il essaye.

Étienne est là aussi, venu de Paris, avec sa femme Laurence et leur fille de cinq ans. C'est la première fois que je le revois depuis nos messages au sujet de la tombe d'Olivier et Yvonne. Laurence me prend à part dans le salon. Elle parle bas. Mon frère lui a raconté notre échange. Elle trouve formidable l'idée de faire des recherches. À commencer par cet article de journal laissé chez Raymonde. Il y a forcément un moyen de le retrouver. L'idée ne me quittera plus. À mon retour du baptême, le lundi matin, appels à *Ouest-France* et au *Télégramme*, les journaux les plus diffusés en Bretagne. Services des archives. Je laisserai le peu d'informations que j'ai pour retrouver la coupure. Une date, une région, un avion écrasé, le nombre de morts, le nom de mon oncle et de sa femme.

— Tu sais, une fois, tes grands-parents nous ont raconté la journée de l'accident, confie Laurence. C'était le jour où Étienne m'a présentée à eux. On a pris l'apéro tous les quatre. Manou a commencé des récits à n'en plus finir. Leur vie à l'étranger, les soirées, leur jeunesse. Verre après verre, les détails devenaient plus olé-olé.

C'était tout Manou, ça. Sa *verve.* Ma grand-mère telle

que je l'avais toujours connue et à laquelle, jusqu'à sa mort, je n'avais jamais pu substituer l'image d'une mère fracassée par la douleur de la perte brutale du fils.

Laurence n'avait pas compris que c'était la première fois que les grands-parents en parlaient à Étienne. Elle avait senti, bien sûr, l'émotion immense. Elle avait entendu la voix qui plongeait dans les graves. Les respirations qui découpaient les phrases. Les vibratos qui en faisaient hésiter le timbre. Elle continue, plus bas encore, en me poussant vers l'entrée, pour être sûre de ne pas attirer l'attention de ma mère, restée à l'extérieur. Elle me livre en vrac les souvenirs de leur récit : le coup de téléphone, reçu tard le soir, la route, parcourue toute la nuit pour venir porter la nouvelle à Sylvie, ma mère, et l'explication qu'elle me fournit en même temps – mes parents n'avaient pas le téléphone en 76, à Poitiers, où ils vivaient à l'époque. Peut-être un mot, glissé sous la porte, à l'aube, avant de partir vers la Bretagne, rejoindre une morgue sombre.

J'écoute Laurence comme si elle parlait dans un micro directionnel. Une écoute amplifiée. Mes oreilles happent le son de sa voix. Une hyperacousie. Un zoom audio qui évacue le reste. Je ne perçois plus rien des éclats des enfants au jardin. Je grave tout. Mon cœur en disque dur. Ma peau tenaille mes questions. L'envie d'en savoir plus. Une soif. C'est la première fois que j'entends ce récit, livré à l'aîné d'entre nous et sa femme. L'occasion de l'entrée de Laurence dans la famille comme déclencheur. Un étranger débarque et autorise la parole. Laurence me livre des souvenirs fuyants. Elle marque des pauses. Reprend.

Corrige. Ajuste. Ses yeux verts font des mouvements rapides vers le plafond. Elle fouille. Sa mémoire a déjà enseveli le témoignage. Étienne en saura davantage. Il s'en souviendra forcément. Il sait l'importance de chaque mot pour combler notre mémoire siphonnée.

Laurence avance un autre souvenir. Flottant. Une image refait surface. Elle évoque les cheveux d'Yvonne, épars, sur le terrain de l'accident. D'où sort-elle ce détail ? Les grands-parents n'avaient pas pu voir la scène du crash, si ce n'est par les photos des journalistes, comme celle de l'article. Mais que montraient-elles vraiment ? Laurence dit que les corps étaient déjà à la morgue quand ils sont arrivés. Elle insiste sur cette image traumatique : les cheveux d'Yvonne, répandus à même la terre, disséminés. J'en fais mentalement une fresque, nourrie par les tableaux romantiques : un flot de cheveux blonds, démesurément longs, recouvre le terrain d'une ferme éventrée. Je vois une terre noire. Tout est noir dans la scène que je compose, sauf cette chevelure. Je reprends les contours de cette ferme, que j'ai cru voir sur le morceau de journal. Mais je me trompe sans doute. Il y a quelque chose du collage surréaliste dans cette représentation : du blond ajouté au souvenir noir et blanc de la photo-journal. Des cheveux salis par la terre, mais éclatants. Un échauffement de mon imaginaire à vide sur toute cette histoire. Rien de vraisemblable. La réalité l'est-elle seulement, en pareilles circonstances ?

Derrière Laurence, la porte-fenêtre découvre un coin de ciel. Une nuée d'hirondelles passe. Ma mère lève la tête pour observer leur migration muette. Je pense au couteau sans dents et à tout ce qu'elle n'a jamais pu me raconter. Depuis toujours, elle habite un pays que j'ignore. Comment a-t-elle vécu ce jour-là et tous ceux qui ont suivi ? Un gouffre s'ouvre en moi. Un dedans inconnu. À côté de ma mère, la tranchée noire, au coin de la terrasse, laisse échapper un ver de terre, que ma fille prend délicatement entre ses doigts. De l'entrée de la maison, j'entends la bande de petits blonds éclater d'un rire mêlé de dégoût.

8

Ils sont tous là. Réunis silencieux. Juste derrière, sur le port de pêche du Guilvinec, on entend les goélands se répandre en cris. On les imagine raser l'eau à la recherche du poisson. Mais personne n'y prête attention.

Ils sont une foule compacte, dans l'église de pierre, sur la place. Le soleil troue les nuages du matin mais ne réchauffe rien. Les corps ont froid. Mais ils ne le savent pas. Les bouches devraient former de la buée, au contact de l'air de ce jour de janvier. Mais les bouches sont closes. Ceux-là se taisent. Incapables de formuler des mots à la hauteur de la sidération. Le silence béant. L'effraction, dans leurs corps, depuis l'annonce. Pour certains, le dimanche soir, pour d'autres, le lundi, pour quelques autres encore, le mardi. Tous se souviendront de ce qu'ils étaient en train de faire, quand ils l'ont appris. Tous pourront dire *comment* ils l'ont appris.

Ils pensent, en franchissant le seuil de l'église Sainte-Anne, qu'ils étaient là, huit jours plus tôt. Ils se souviennent de leurs costumes clairs, de leurs rires triomphants, de leur jeunesse provocante, de la fête, après la messe. Mais ils ont l'impression que l'image qui se superpose, celle du mariage dans cette même église, la semaine précédente, n'est pas réelle. Comme si les cerveaux refusaient de relier les deux événements. Le mariage d'Olivier et Yvonne et la messe du jour. Le court-circuit, chaque fois qu'ils revoient la robe blanche, le sourire des mariés et le nœud pap fier.

Les deux boîtes de hêtre, disposées côte à côte dans la nef de l'église, annulent tout. Ils ne savent plus, d'ailleurs, ce qui, du mariage ou de cette cérémonie, est le plus réel. Les preuves n'existent pas. Un cercueil n'attestera jamais la mort. Certains ne veulent toujours pas y croire et attendent un signe d'Olivier, une tape sur l'épaule, comme pour dire : *elle était bien bonne, hein ?* Deux cercueils renferment les corps des mariés, et la mort a déjà commencé à prendre le pas sur leurs vies. Le souvenir du mariage ne pourra plus être un simple souvenir heureux. Il sera désormais une circonstance aggravante.

Ils sont tous là, serrés et hébétés. L'église ne peut pas contenir la foule rassemblée par l'onde de choc, propagée par les journaux, les radios, les télévisions. Personne ne saura se souvenir de la messe, plus tard. Mais tous se souviendront de l'émotion d'une foule, réunie la même semaine, au mariage et à l'enterrement du couple. Du silence opaque qui a empli la nef glacée. Des coiffes des Bigoudènes, en costumes traditionnels, vissées sur des têtes baissées.

Au premier rang, sur le banc de bois, la silhouette de ma mère, la sœur unique. Cette femme, projetée par le crash dans une région où il n'existe plus de mot pour la désigner – ni veuve ni orpheline – sœur d'un frère qui n'est plus. Au cimetière, après la cérémonie, elle s'approche du trou fraîchement creusé. Elle se tient un instant au bord du caveau. Sur les cercueils portés en terre, elle jette le bouquet de fleurs blanches du mariage.

Elles ne sont pas encore toutes fanées.

9

Effectif du personnel en présentiel réduit, merci de votre compréhension.

La pandémie n'arrange rien aux délais administratifs, il faut s'y faire. Les archivistes de *Ouest-France* et du *Télégramme* n'ont pas encore retrouvé l'article, mais la recherche est en cours, dans un ordinateur ou des rayonnages poussiéreux. M'étonne quand même le nom de la personne du service des archives de *Ouest-France* à qui j'ai dû adresser ma demande. Une madame *Le Gall*, comme le nom de jeune fille d'Yvonne. Évidemment, en Bretagne, on ne les compte plus. C'est cette semaine-là que je me mets à en voir partout. La camionnette du menuisier *Le Gall* dévale la route perpendiculaire lorsque j'attends au stop du bout du village, l'agence immobilière *Le Gall* verse ses prospectus dans ma boîte aux lettres et un porte-manteau du couloir de la maternelle de ma fille affiche *Le Gall* en lettres imprimées. Une doudoune légère, bleu nuit avec des étoiles dorées, y est accrochée. Je reste un moment devant, un matin. Suspendue au crochet. Lili Le Gall. Entre Oscar et

Éden. Léonie est déjà partie s'installer dans la classe pour dessiner. Par la porte restée entrebâillée, je vois sa nuque blonde penchée sur une feuille. Je cherche du regard laquelle de ses camarades pourrait être Lili. Je guette un indice. Le couloir s'est vidé depuis longtemps quand la maîtresse me fait signe. Il faut y aller maintenant. Je quitte les néons et la peinture jaune pour me retrouver dans la cour bitumée juste avant que la directrice ne referme le grand portail derrière moi. Ce matin-là, je m'offre un café crème au bar PMU du bourg. À la maison, le mixage d'une série sonore m'attend dans le studio. Un crème d'abord. Respirer. Dérégler le cours du quotidien. C'est la première fois que je mets les pieds dans ce café. À cette heure, il n'y a que deux vieux au comptoir. Tournés vers la vitre extérieure, ils commentent les passages dans la rue principale. Un type voûté traverse la rue avec une baguette sous le bras. *Le Marcel. Et puis tiens, Jo là-bas, qui s'en va à la pharmacie. Toujours un truc de travers, celui-là.* Le bar ne compte que quelques tables carrées, alignées le long d'un mur fraîchement repeint. Du turquoise voyant. Une pancarte mal fixée pointe le sol pour indiquer les toilettes au fond du couloir. La patronne maintient un sourire qui semble faire partie du décor à moins que ce ne soit les premiers accords de Johnny Hallyday qui la ravissent. Les deux peut-être. Elle ferme les yeux un instant pour plonger dans la voix chaude du rockeur. Je me dis qu'elle devrait monter le son parce que les deux types sur leur tabouret continuent de se prendre pour des commentateurs de match de foot sur le terrain de la vie, et les enceintes Bose encastrées dans le plafond n'ont pas de coffre à ce volume-là. Le cœur que Johnny met à *allumer le feu* me fait l'effet d'un pétard mouillé. Visiblement pas pour elle. J'hésite à l'interrompre pour commander.

En m'installant à une table, je sors de la poche de ma veste en jean le Samsung. Pour vérifier, je regarde. *Contacts. M. Marie-Paule.* Le téléphone me livre sa fiche. Un numéro de fixe en 01. L'infirmière-anesthésiste qui a connu Yvonne existe, intacte, dans mon répertoire. Pas supprimée. Je ne peux pas vraiment m'en étonner, même Léo y figure encore, plus de dix ans après sa disparition. Le numéro ne doit plus correspondre à rien. Il a été réattribué. Bien sûr. Je n'efface pas. Je ne fais pas ce geste d'appuyer sur « supprimer ». Je ne veux pas le faire. La mort n'a pas gagné dans mon répertoire.

Depuis mon passage sur la tombe, je ne cesse de penser à Marie-Paule. Quand je l'ai connue, elle avait peut-être déjà soixante-dix ou soixante-quinze ans. Étienne a raison, il faut *se documenter* avant qu'il ne soit trop tard. Les grands-parents ne sont plus là, ma mère est septuagénaire. Je fixe le téléphone comme s'il pouvait me dire quoi faire. Je répète mentalement quelques phrases, pour m'en tirer malgré le malaise que j'éprouve à rappeler quelqu'un avec qui je n'ai plus de contact depuis longtemps. Je pioche du courage à la va-vite autour de moi. Un peu dans le sourire figé de la patronne adossée à la machine à café. Beaucoup chez Johnny qui *allume le feu, lâche le lion dans l'arène, veut la foudre et l'éclair*. J'appuie sur l'écran du téléphone. Appel en cours. *Allumer le feu. Allumer le feu. SFR bonjour, ce numéro n'est plus attribué.*

10

Ça vibre dans la poche de mon jean tandis que je me sèche les cheveux. Sarah répond qu'elle non plus, elle ne sait pas grand-chose d'eux, mais faire des recherches avec nous, elle ne le sent pas, ça la rend triste, d'autant plus qu'elle a deux phobies : la mort et l'avion. Ma sœur livre ça comme s'il s'agissait d'une coïncidence. Comme si ça tombait mal. Je relis le message. Plusieurs fois. Je n'y trouve pas d'ironie. Elle n'a pas l'air de voir le rapport. Son *d'autant plus* me fascine. Il ressemble à une provocation. J'envoie : *Pas de souci, bisous*. C'est laconique, ça a le mérite de ne pas démolir le *d'autant plus*. Plus long, je ne pourrais pas m'empêcher de railler cette *coïncidence*. S'en tenir là. *D'autant plus* et point. En remettant le sèche-cheveux en marche, je souffle tout ce qui n'est pas rentré dans le message. Dans l'armoire à glace, mon reflet n'est pas dupe.

Il est presque l'heure d'emmener Léonie à l'école, mais c'est Yann qui s'en charge ce matin. Quand je coupe à nouveau le sèche-cheveux, je l'entends là-haut. Il ne s'agace même pas quand Léonie décide de découper les oreilles d'un lapin en papier qui traîne dans un coin de sa chambre au lieu de s'habiller. Je me serais déjà mise à la presser sur tous les tons, en agitant le mot *retard,* sans que ça ait le moindre effet sur elle. Yann accepte cette inversion des priorités. Son flegme, sans doute. Peut-être aussi parce qu'il est toujours en congé quand il est à la maison. Il l'aide à se servir des ciseaux avant de lui enfiler un collant, une robe, un gilet que Léonie veut choisir, en dépit de tout bon goût d'assemblage vestimentaire. Quand ils descendent l'escalier pour franchir la porte, je leur colle un baiser avant de voir par la fenêtre la 407 s'éloigner en emportant Léonie qui mâche son doudou chien.

Je me décide à appeler Adrien avant qu'il ne commence sa journée. Il est étonné que j'aie envie de chercher, et qu'y a-t-il à chercher d'ailleurs ? Il dit : *pas la tête à ça.* Pas le temps, pas l'envie aussi, sans doute. Il doit me laisser, il arrive à son bureau. Il n'y a qu'Étienne pour qui ma visite sur la tombe a fait, comme pour moi, l'effet d'une allumette prête à embraser un tas de vieux bois.

Je peux comprendre les réactions de Sarah et Adrien. Depuis toujours, pour moi aussi, ces morts n'ont été qu'un jeu de parenthèses en bout de phrase. La plupart du temps, je ne les évoque pas. Pour certains intimes, j'ai déjà mentionné mon oncle et ma tante, en leur adjoignant immédiatement la précision : *(mais ils sont morts dans un accident d'avion et je ne les ai pas connus).* En disant cela, je croyais moi-même avoir tout dit. La phrase me semblait un bon résumé. Simple, efficace. Les parenthèses contenaient leur histoire, elles n'autorisaient aucun débordement. Elles formaient un rempart pratique au silence qui les entourait. Olivier et Yvonne étaient l'oncle et la tante parenthèses. Le drame appartenait à la notice généalogique de ma famille, mais ne me concernait pas. Du moins, j'en avais toujours eu l'impression. Une ou deux fois les parenthèses m'avaient même été utiles. Je m'en étais servie sans vergogne pour avoir la paix. Je devais avoir sept ou huit ans, un garçon de ma classe m'importunait, je ne saurais plus dire pourquoi, ni comment, peut-être en me tirant les cheveux ou en fomentant des ragots. Je me souviens de lui avoir demandé solennellement, un jour, dans les escaliers qui menaient à la cour de récréation bordée de platanes, de me foutre la paix, une bonne fois pour toutes, *parce que mon oncle et ma tante étaient morts*. Je n'avais pas précisé que ce n'était pas récent ; ça avait eu le mérite d'être efficace.

Je ne m'étais jamais formulé qu'il y avait un secret spécial autour d'eux. L'attitude de tous me semblait normale. La mienne aussi. Mais il fallait reconnaître que c'était compliqué de parler avec ma mère. Notre échange du baptême me l'avait fait comprendre. Une bulle de champagne remontée des profondeurs de mon enfance. J'avais toujours agi comme ça : ne pas en parler, éviter tout signe qui pourrait faire écho à cette histoire. Un réflexe. Quelques semaines avant le baptême, quand ma mère était venue passer un week-end à la maison, j'avais pris soin de ne pas laisser traîner dans le salon le livre que je lisais. *L'Anomalie*. Un des romans de la rentrée littéraire. Il avait déjà fait suffisamment parler de lui pour que ma mère sache que derrière ce titre se cachait une histoire d'avion. J'avais planqué le bouquin. Depuis l'enfance, on éteignait la télé quand elle parlait de catastrophe aérienne. L'Airbus du mont Sainte-Odile, le Concorde, le suicide du pilote de la Germanwings, le vol Rio-Paris : ça rouvrait la plaie. On esquivait comme on pouvait. Un service de la censure opérait en nous, en toute discrétion. On ne voyait pas les films de catastrophe aérienne, on ne réclamait pas les *Playmobil aéroport avec tour de contrôle*, on ne passait jamais de vacances en Bretagne. Pendant des années, ça s'était répandu, pour nous faire déraper, ma mère et moi, sur des conversations météorologiques de surface. On savait toujours s'il faisait beau chez l'autre, jamais plus. Les choses avaient cristallisé sans que je m'en aperçoive, une impasse de la parole devenue, au fil du temps, ville étendue. Je m'y mouvais sans jamais enfreindre ses limites, coincée dans une bulle devenue mon monde.

À bien y regarder, ça me fait un peu l'effet de ces bonbons Michoko que je trouvais, enfant, dans la coupelle de verre mauve, près de la lampe chinoise de mes grands-parents. Quand on allait chez eux, le soir, on attendait ces friandises pendant le journal télévisé. La publicité – *la réclame,* disait ma grand-mère – sonnait l'heure où l'on avait enfin le droit de piocher un Michoko. D'abord, il n'y avait que la douceur du chocolat. Ça se délitait sous le palais. Et puis venait en bouche le caramel. Invariablement, on faisait passer la pâte sucrée de droite à gauche. Au bout d'un moment, ça devenait gênant, ce bonbon collant. Il finissait toujours par en rester plein les molaires. Taire les détails de l'accident d'Olivier partait d'une bonne intention. *Merci la famille.* On ne savait rien, on ne serait pas traumatisés. L'effet gluant finissait par se découvrir sur le tard. Ça collait, on avait un truc coincé entre les dents. À trente-cinq ans, la couche de chocolat vient de finir de fondre. *Michoko de La pie qui chante,* disait la publicité de mon enfance ; je commence à déchanter, moi.

11

Étienne m'écrit qu'un collègue, spécialiste des questions météorologiques dans sa boîte de génie civil, l'a orienté vers un contact qui pourrait nous en dire plus sur le jour en question. En janvier, un orage en Bretagne : c'était peu probable. Plutôt du brouillard ou une entrée d'air maritime alors. Les pistes à suivre sont ténues ; on fouillera.

Laurence lui a rapporté notre conversation du baptême. Il se souvient. Manou et Grand-père avaient parlé des boîtes noires de l'avion, retrouvées intactes. Grâce à un contact dans la gendarmerie, un vieil ami qui avait fait sa carrière dans l'armée, ils avaient pu les écouter. À la fin de l'enregistrement, Olivier répétait : *on se casse la gueule, on se casse la gueule.* Les révélations de mon frère m'anesthésient d'abord. Dans quelle gendarmerie ils se seraient rendus ? Quel est le son de la voix d'un homme à l'instant de mourir ? Je me figure ma grand-mère, parcourue, à l'écoute, de l'envie insensée de serrer son fils dans ses bras. J'imagine une mère. Je pense à ma fille. Je change les rôles, je transpose le drame. Les images que je me forge sont loin de la violence du réel. Seul le mutisme qui dure depuis plus de quarante ans peut témoigner, peut-être, de l'onde de choc.

Étienne termine son message par l'évocation des aéro-clubs bretons. D'où sont-ils partis ? À quel club l'avion appartenait-il ? Le ciel s'ouvre. Je m'y engouffre dès le lendemain matin. J'appelle Quimper et Lorient, proches du Guilvinec. D'abord des répondeurs. Puis des types sympas me rappellent de leur salon. Les aéro-clubs sont fermés, comme tout le reste. C'est novembre 2020 et son lot de *non essentiels*.

Quimper pense que l'avion provenait de Lorient et Lorient, qu'il était de Quimper. Personne n'a d'archives. Les types sympas des aéro-clubs ne savent pas grand-chose. 76, c'est vieux, ça. Ils n'étaient pas au club à cette époque. Ils vont se renseigner auprès des anciens. Quand je parle du brouillard, ils formulent des hypothèses. *Ah ben, s'il y avait de la crasse, une fois que vous êtes dans la couche, vous voyez. Surtout avec les avions de l'époque, quoi.* Les deux appels terminent sur le même refrain : *le président du club saura peut-être quelque chose, bonne journée, mademoiselle.*

Le samedi midi, en préparant le repas, je raconte à Yann mes appels aux aéro-clubs. Il n'est pas plus qualifié que moi en aéronautique. Lui, c'est la mer plutôt que le ciel. Mais un marin, ça comprend les collègues des airs, non ? Ils ont même des alphabets communs. C'est bien que je me sois décidée à les appeler. Mais pourquoi je ne commence pas par en parler à ma famille ? À ma mère ? Il ajoute en rinçant des tomates qu'il s'apprête à couper : *tout simplement*. Les évidences n'ont pas la même épaisseur pour tous. Le robinet goutte encore dans l'évier. Ce serait *quand même plus facile que de se fader des appels à des inconnus dans des aéro-clubs*. À ce moment-là, les tomates sont tranchées et Léonie nous regarde : c'est quoi *aéro-club ?* On ne sait pas trop quoi dire. Si, toujours expliquer aux enfants. Yann le fait chaque fois mieux que moi. Il se lance dans la différence entre l'aviation de ligne, l'aviation de tourisme et l'aviation de chasse, dans un souci d'exhaustivité. Je m'applique à découper un morceau de mozzarelle en me demandant ce que notre fille pourra retenir de ce charabia. Elle n'a que trois ans. Et si elle répétait des bouts de conversation à sa grand-mère ? Et si ma recherche fuitait par ma fille ? Tout à coup, ça m'inquiète.

C'est impossible pour moi d'appeler ma mère. Lui demander comment elle va, s'il fait beau à Nantes et enchaîner en lui demandant si elle ne me parlerait pas du 4 janvier 76. Comment combler quarante-cinq ans de silence dru ? Quarante-cinq ans d'impossibilité à dire. Le trauma passé de génération en génération, sans se formuler. La douleur ne tient pas dans les mots, alors on la fond dans une ouate sourde. Sans volonté de cacher. Simplement on ne dit rien. On n'en parle pas. Même s'il n'y a rien à occulter. On juge qu'il n'y a rien à en dire. On ne juge même pas. On fait sans doute comme on peut. Comme on ne peut pas.

Le soir pourtant, les mots de Yann ont fait leur chemin. Appeler ma mère, c'est hors de portée. Physiquement. Ma voix ne sortirait pas. De la sensation pure. Le corps qui me lâche. Les cordes vocales incapables d'entrer en vibration. Comme prises dans du béton. Mon frère ne l'envisage pas une seconde, lui non plus. C'est un pacte implicite entre nous. Mais cet accident a touché bien au-delà de ma mère. Il a irradié toute ma famille. Celle de ma mère et celle de mon père. Ma mère et son jeune frère, un duo aussi antithétique qu'inséparable. Sylvie et Olivier. Au moment de l'accident, ma mère avait vingt-six ans, elle était mariée. Mes parents s'étaient connus adolescents, à quatorze ou quinze ans, sur la côte méditerranéenne. Mon père et ses quatre frères avaient tous bien connu Sylvie et Olivier. Des étés successifs, plage, 404 et bikinis. Puis des étés, plage, boîtes, et nanas. La légende voulait que le couple de mes parents se soit scellé autour d'un accident de voiture, à leurs dix-huit ans. Chacun avait emprunté la voiture de son paternel respectif pour se rendre à un point de rendez-vous. Chemins de campagne et raccourcis, vitesse et insouciance, les années 70 jeunes et libres. Au carrefour, ma mère et mon père se sont rencontrés dans un fracas métallique. Les pare-chocs étaient défoncés. De la tôle froissée sonnait le début véritable de leur histoire. L'entrée dans le délice de l'amour avec le goût du savon passé par les parents contraints à des frais de carrosserie. Les frangins, dans chacune des deux voitures, Olivier d'un côté, et les quatre Dalton de l'autre, n'avaient soufflé mot des circonstances de l'accident. La version officielle fut autre.

Appeler ma mère, ce n'est pas jouable. Mon père, ça me paraît au-dessus de mes forces. Mais mes oncles paternels, si, bien sûr. Ils sont suffisamment distants, tout en ayant bien connu Olivier, l'ami de leurs vacances d'adolescents. J'attrape le Samsung sur la table de chevet de la chambre et je me glisse sous la couette à fleurs. Léonie est couchée depuis un petit moment. Elle dort en chien de fusil, avec toutes ses peluches autour d'elle et son doudou contre son nez. Elle a repoussé l'édredon. C'est la première fois depuis des mois que j'évite le jeu du *encore un bisou, un verre d'eau, j'ai pas sommeil, au lit, Léonie!* En regardant dans mon répertoire, c'est Gilles que je pense appeler en premier. Gilles, parce que c'est le second de la fratrie, après mon père. C'est celui qui a le mieux connu Olivier. Ils devaient avoir plus ou moins le même âge, puisque mes parents étaient de la même année.

Prendre des nouvelles et puis tâter le terrain pour aller le voir. De vive voix, ce serait plus facile. Je lance l'appel et l'interromps aussitôt en jetant un œil à l'heure affichée en haut de l'écran – *20 h 47*. Yann vient me rejoindre. Je me blottis contre lui et je respire les boucles de ses cheveux bruns. J'aime l'odeur de gasoil emprisonnée dedans. Cette odeur des mois en mer. Elle imprègne tout. Elle met des semaines à le quitter. Elle me ramène immédiatement à bord, cette odeur. À notre rencontre, il y a huit ans. J'avais embarqué seule pour un tournage à bord d'un thonier senneur. Deux mois de mer entrecoupés par cinq jours de décharge du poisson à quai, aux Seychelles. Je m'étais préparée à vivre ces semaines, isolée, au milieu de l'océan

Indien. C'était devenu une obsession, ce documentaire. Un projet pour lequel je m'étais prise de passion. J'avais passé des mois à le monter, à candidater pour des bourses, contacter les armateurs pour embarquer. Raconter la vie de ces hommes en mer, avec les micros. Une trentaine d'hommes, sur ces bateaux de quatre-vingt-dix mètres de long. Une poignée de Français, souvent issus du même coin de Finistère, entre Concarneau et Moëlan-sur-Mer, et puis le reste de l'équipage : Sénégalais, Ivoiriens, Indonésiens. Un matin, je me suis retrouvée sur un quai. L'aventure était là. Le son que je rêvais de prendre depuis des mois était à portée de perche. J'ai écouté le vent s'engouffrer dans la coque métallique, capté les grincements quand le bateau roule. J'ai suspendu les micros au ras de l'eau, pour prendre le son à l'étrave, là où le navire fend la mer. J'ai passé des heures au *nid-de-pie*, à enregistrer la respiration de celui qui guette la « volaille », à la jumelle, à l'affût des oiseaux qui sont le signe d'une matte de thon en dessous. Je sautais dans mes bottes chaque fois que le patron hurlait : « Embarquez ! » pour sonner le branle-bas et lancer le coup de filet. J'étais là, avec mon Nagra et mes micros. Pendant une heure et demie, je captais avec fascination les ordres gueulés par le capitaine. Il maîtrisait parfaitement l'opération. À l'avant et à l'arrière du navire, chaque homme était à son poste. Il fallait de la minutie pour ne pas laisser échapper le banc de thons. Toujours les mêmes gestes. Larguer l'esquif, déployer la senne, manipuler les treuils, refermer le filet par le fond, lancer les coups de salabarde pour récupérer les tonnes de poissons et les déverser dans la goulotte. Au bout de quelques semaines à bord, j'avais fini par faire partie du décor. J'étais le dernier homme d'équipage. Comme eux, je sentais le poisson, le gasoil, la clope et le café. Un soir, après le repas, on s'est attardés à discuter, Yann et moi, sur les bancs du réfectoire. C'était la mousson, on avait fait plusieurs jours sans coup de filet. Les gars devenaient tendus. Ça lui faisait du bien de parler d'autre chose. À terre, Yann aimait faire de la photo. Il avait un bel appareil avec un téléobjectif. Marque Canon. Je lui ai mis le casque sur les oreilles et je lui ai fait écouter mes enregistrements. Au bout d'un moment, les autres marins avaient rejoint leur bannette. Quand on s'en était rendu compte, on s'était embrassés. Comme ça. Il restait quinze jours de mer avant de rentrer. On s'était cachés pour voler un peu d'intimité. Le lendemain, la pêche avait été bonne. Quatre-vingt-dix tonnes en une heure trente. Un sacré coup de filet. On s'en souvenait tous les deux. À terre, on ne s'était plus quittés. J'avais d'abord fait des allers-retours, de Paris. Très vite, on avait trouvé cette maison, au sortir d'Étel. On avait emménagé ensemble. Tout de suite, on s'était sentis chez nous, ici.

Yann ironise sur notre coucher à l'heure des poules et éteint. Je repense au coup de fil avorté. Un vieux réflexe m'a fait penser que ce n'était plus l'heure d'appeler Gilles. Je revois mes parents, le soir, regarder leur montre quand ils recevaient un appel après 20 heures. Ils décrochaient mi-inquiets, mi-fâchés qu'on ait osé enfreindre une règle jamais exposée. Dix-neuf heures trente c'était déjà limite. Je repense à ce détail. Son importance dans ma famille. Je revois nos corps d'enfants, dans des pyjamas de velours foncé, interrompre une partie de dominos et tendre l'oreille. Attendre les premiers mots de mon père ou de ma mère. Instants suspendus, chaque fois. Inscrits en moi. Une masse au fond du ventre qui s'installait dès que la sonnerie retentissait dans la nuit tombée. Sans que je sache dire pourquoi. Confusément, je le sais depuis toujours, les mots de Laurence le jour du baptême me l'ont confirmé : c'est par un coup de fil tardif qu'on a appris l'accident de l'oncle. Peut-être 21 heures. Peut-être un autre horaire. Dans la soirée en tout cas. À l'autre bout du combiné, en peu de mots, des gendarmes ont fait entrer mes grands-parents dans le royaume des morts-vivants. J'imagine un téléphone gris à cadran, avec les encoches pour y mettre le doigt : tourner et composer un numéro. Je revois celui de mes parents, avec l'écouteur circulaire à la dimension de l'oreille. J'ai l'impression que le même téléphone se trouvait chez mes grands-parents, sur le bureau de la chambre où je dormais, petite, pendant les vacances d'été. Peut-être y était-il déjà dans les années 70.

Yann ronfle depuis quelques minutes, ses bras couverts de tatouages m'entourent. Demain, j'appelle Gilles.

12

Du frère de mon père, je n'apprends rien de probant. L'aller-retour dans le Morvan pour le voir un week-end me fait l'effet d'un voyage au bout du monde, tant le confinement a limité notre horizon. Malgré tout, je rentre avec la sensation que l'image d'Olivier a pris de l'épaisseur. Le jeune homme kodachrome est devenu un minet aux pantalons impeccables qui draguait pas mal de filles en boîte. Il a pris les allures d'une icône *seventies*, ou plutôt de la représentation que je m'en fais, moi, la fille des années 80. Un joyeux drille à la bonne humeur inattaquable. Un fanfaron prêt à tous les coups de folie. Un homme qui danse pour toujours sur *Rock and Roll Music* des Beatles. Mais Gilles était incapable de me dire quoi que ce soit sur l'accident. La destination de l'avion ? Peut-être *l'Angleterre*. Ses frères sauraient mieux que lui.

Une fois rentrée en Bretagne, j'appelle un autre oncle. Yves est ravi de me parler, il en a si peu l'occasion depuis le début des confinements. Il peut me dire comment il l'a vécu, lui. C'est vrai qu'on ne l'a jamais évoqué ensemble. De l'accident en lui-même, Yves parle peu : le départ de Bretagne et le crash, sur une plage. Guidel peut-être ou pas loin. Il ne sait plus trop. Le brouillard, il croit. Il décrit le mariage surtout, célébré quelques jours plus tôt. Il m'avoue à demi-mot que mes grands-parents maternels n'étaient pas très heureux de cette union. Ça ne correspondait pas à leurs attentes. Olivier et Yvonne, ces contraires qui s'attiraient. Yvonne, c'était la Bigoudène. La Bretagne engoncée dans ses traditions. Olivier, la jeunesse citadine. Il avait d'abord vécu à l'étranger, l'Asie puis l'Afrique, et enfin pas mal de grandes villes en France. Paris, Bordeaux, Metz, Chambéry. Au mariage, ça s'était bien senti. Une partie de la famille d'Yvonne ne parlait que le breton. À la messe, il y avait tous les pêcheurs du Guilvinec. Yves avait longuement discuté avec le père d'Yvonne. Un type qui avait un peu trop tiré sur la gnôle, mais charmant. Celui-ci lui avait raconté les difficultés du milieu. Les bonnes et les mauvaises saisons de pêche. Les mois à quai, parfois.

Ma stupeur se perçoit à l'autre bout du fil. Ça bourdonne dans ma tête. Personne n'a pris la peine de me signaler avant l'écho entre le métier de Yann et celui du père d'Yvonne. J'ignorais tout d'elle jusque-là. Je prends conscience du rayonnement souterrain de leur histoire sur la mienne. C'est mon marin qui m'avait fait quitter Paris, où j'étais restée après mes études, pour la Bretagne, où ma famille n'avait aucune attache. Aucune, si ce n'est que mon oncle disparu y avait vécu, dans les années 70. *Mais tu ne savais pas ?* Oui, le père d'Yvonne était marin. Toute sa famille l'était, d'ailleurs. Sa sœur travaillait à la criée. Comment elle s'appelait, déjà ? Yves avait beaucoup parlé avec elle aussi, le jour du mariage.

— C'était grandiose. Il y avait des plateaux de langoustines. La spécialité du Guilvinec. Nous, on découvrait. Olivier aussi. Ça faisait très peu de temps qu'il était arrivé en Bretagne. Mais Olivier était à l'aise partout. C'était un type très sympathique. Il n'avait peur de rien. Il était quand même un peu casse-gueule.

De notre appel, je ne retiens que cette expression : Olivier était *casse-gueule*. Je repense à la boîte noire, aux mots prononcés par Olivier juste avant l'impact. Je me demande si Yves a eu le même récit, pour dire cela d'Olivier. Ou si c'est par ce pouvoir qu'a la mort d'étendre rétrospectivement son emprise sur la vie des gens. La mort siphonne tout sur son passage. Elle fait réinterpréter la vie de tel ou tel pour n'en laisser que ce morceau d'évidence, fabriquée de toutes pièces : sa mort était écrite depuis le début. La victime du meurtrier l'est depuis l'enfance. Les accidentés : des énergumènes qui ont brûlé la vie par tous les bouts, comme s'ils l'avaient toujours su. Tout cela n'est jamais convaincant, mais le mirage permet de traverser le désert. Trop rebuté à l'idée d'assumer l'inexplicable, on s'accroche à cette histoire de destin comme des gamins au père Noël.

Guidel et *casse-gueule* émergent à la surface de mes pensées. Les aéro-clubs n'ont rien trouvé dans leurs archives. Ils laissent des messages sur mon répondeur. J'en parle à Étienne, le soir, au téléphone. Guidel, ça ne lui dit rien.

Mais ce serait bien que je vérifie. S'ils sont morts là-bas, leurs actes de décès doivent se trouver à la mairie. Guidel est à moins d'une heure de route de chez moi. Je connais bien, j'y ai travaillé il y a deux ans, au théâtre, sur la place, pour composer la bande-son d'un spectacle. Ma mère n'a jamais fait aucune remarque, quant à *Guidel,* au moment où j'y allais régulièrement. Avant d'éteindre le téléphone, je note l'adresse de la mairie. L'avantage du confinement, c'est que mon boulot stagne au niveau bas de la marée. En attendant la remontée, je peux poursuivre ce qu'on appelle désormais avec Étienne *l'enquête*, avant de désamorcer le sérieux et le vertige du mot par un rire à l'unisson. J'enfreindrai la limite kilométrique imposée par le reconfinement pour m'y rendre. Après tout, on peut considérer que c'est un *motif familial impérieux*. Ça rentre dans la case. Pas indispensable de préciser qu'ils sont décédés depuis un demi-siècle : Olivier et Yvonne sont devenus *mes* essentiels. Mon urgence.

13

Le corps de ferme s'allonge derrière la vitre. D'ici, elle voit l'étable en granit gris. La mère Le Guen vient de finir la traite. La petite fille la voit traverser la cour avec son tablier bleu, la démarche rendue gauche par le seau fumant qu'elle tient au bout du bras. Dans la lunette arrière, Papa n'est plus en vue, il s'enfonce dans le brouillard naissant. Hélène est là, seule dans la Simca 1000. Tous les dimanches, Papa fait la route de Fort-Bloqué à ce hameau près de Guidel. Souvent, il reste boire le café pendant que la mère Le Guen remplit le panier. C'est la barbe de l'accompagner et d'écouter leurs conversations d'adultes. Après, on rapporte des œufs, quelques légumes et un pot de lait tiède à la maison. Elle aime ce tiède. Le lait qui sent l'herbe grasse. Le chaud-doux sur la langue.

Hélène se penche en prenant appui sur le siège en Skaï. Elle tourne la clé laissée sur le contact. Pas démarrer le moteur. Juste faire grimper les aiguilles. Elle a déjà vu Papa faire. Elle fixe les compteurs. Ça a l'air d'être ça. Puis le bouton de volume de l'autoradio à cassettes Philips. Ça fait clac quand il s'allume. Elle fait bouger un peu la barre verticale rouge avec l'autre molette ronde. Ça crachote en brouillé. Et puis, plus sur la gauche, là, la mélodie qu'elle reconnaît : les notes qui dansent. C'est Karen ! Sa Karen Cheryl ! Les *variétés-chamallows,* comme dit Papa. Elle monte le son pour s'en emplir les oreilles et tous les pores de la peau. Elle ajuste l'aiguille rouge pour faire partir les derniers grésillements qui s'accrochent aux notes. Et la petite fille danse dans le froid de janvier. Elle rentre les poings dans le manteau rose dix ans. La chanson se termine sur les synthés acidulés. Elle attend la suite. Le train d'ondes remplit l'habitacle à nouveau.

Elle reconnaît une chanson que Papa écoute à la maison. Les violons qui sautillent, la voix qui traîne sur les *ou.* L'air qu'elle identifie. Papa a dit que c'était Sophie Vartan. Ou Sylvie, elle ne sait plus. Entre les portières, le rythme se déplie et passe par son corps. Ça fait comme une vague. Une chose sonore qui s'enroule lent et se déploie long. Quelque chose qui vient neutraliser le froid. L'ennui d'être venue à la ferme Le Guen se décolle un peu au fond du ventre. Le corps suit le rythme de la musique. D'abord la tête, puis les épaules. Un temps, un temps, et la vague qui vient s'enrouler régulier. Un temps, un temps, les quatre notes qui sautillent, et de nouveau la vague douce qui emplit l'air. *Tout comme ces clous d'or, ton nom est écrit, au fond de mon cœur.* Les sons *ou* qu'on remâche comme un doudou. Ça berce, ça donne la force de se sentir grande. Vivre. Battre le cœur. Elle se laisse retomber au fond de la banquette. Balancer le corps de droite à gauche. Ressentir le rythme qui roule. Ça twiste doux, les clous d'or.

Hélène trace des cœurs avec l'index sur la vitre. C'est froid. Humide. Bien faire la forme arrondie symétrique en haut, et pointue en bas. Elle appuie la pulpe du doigt contre la surface mouillée. Elle sait que Papa n'aime pas ça. Les marques que ça laisse. Des cœurs emboîtés, les uns dans les autres, de plus en plus grands. Essayer de faire que les contours ne se touchent pas. Des cœurs de buée. Des cœurs mouillés. Janvier qui s'ouvre avec des promesses. Elle grandit. Elle voudrait déjà sentir les clous d'or dans le cœur elle aussi. Qu'est-ce que ça fait d'être amoureuse ? Elle sourit en repensant à Christine. Avant les vacances, elle a essayé de lui expliquer comment on embrassait. Dans la cour de récréation, aucune n'était d'accord sur le sens dans lequel tourner la langue. Nicole était toute rouge, Martine pouffait. Demain, elle les retrouvera. Elle parlera des vacances de Noël tout juste achevées. Elle dira les cadeaux qu'elle a reçus. Elle en inventera certains. Elle taira l'ennui qui coule dans les veines. *Dans le temps qui s'enfuit, nous irons sans bruit, ignorant la peur.* Hélène mêle sa voix à celle de la radio. Voilà. Ça qu'elle sent dans le cœur d'enfant. Pas peur. La chrysalide qui se fendille. Être amoureuse un jour. Bientôt. Les notes chavirent le cœur de la petite fille. *Tout comme ces clous d'or qu'on voit dans le ciel.* Ça fait vriller un peu la grille du haut-parleur.

Elle regarde à travers les cœurs sur la vitre. Dehors, c'est opaque. Dense. Le brouillard s'est abattu. On ne voit plus bien l'étable. Elle rentre encore les poings dans ses manches.

Elle continue de se balancer sur le Skaï marron. Un temps, un temps, les quatre notes qui sautillent, et la vague qui se déroule avec douceur. *Tout comme ces clous d'or qu'on voit dans le ciel quand le jour se meurt.* Elle regarde la montre autour de son poignet, 17 h 20 passées. À quelle heure le soleil va se coucher ? On n'y voit rien avec cette brume. Au-dessous des violons, elle entend la nappe grave sourde qui monte. Elle écoute le cœur serré. Elle se coule dans la voix chaude de l'autoradio. C'est bizarre le grondement. Est-ce que c'est dans la chanson ce machin ? Elle cherche l'instrument qui ferait ce son. La vague la vague la vague. Les roulés doux. Être tout entière dans cette vague qui porte loin de ce froid, de cette crasse, de ce bourdon qui monte.

Elle entend le son qui se rapproche. Quelque chose qui tourne, qui monte, qui prend au ventre. Ça grandit sourd et grave. Ça fait battre le cœur presque. Derrière la couche de buée, dehors, le brouillard ne laisse aucune chance au regard. Le bruit forcit. On dirait un vrombissement. Ça ne peut pas venir de l'autoradio. C'est ailleurs, c'est autour. Comme le bruit d'un moteur. Ça ronfle. Enfle encore. Se rapproche jusqu'au-dessus de la voiture. Hélène scrute à travers les cœurs, à travers la vitre, à travers la buée. De la peur qui monte. Quelque chose qui accélère le battement au-dedans. Soudain, un très grand boum.

C'était quoi ça ? Une explosion. La guerre ? Est-ce que ça fait ce bruit, la guerre ? Et puis des clous d'or dans le ciel. Les vitres ont vibré, elle en est sûre. L'angoisse s'écrase au fond du ventre comme un chiffon qui se froisse. Maintenant il n'y a plus de son au-dehors. Juste la radio qui continue. *Tout comme ces clous d'or qu'on voit dans le ciel, tu es dans mon cœur.*

C'était là, tout proche. Elle gomme les cœurs avec les poings et colle son front contre le mouillé de la vitre. Elle ne sait pas si c'est du brouillard ou si c'est de la fumée qu'elle aperçoit, à quelques mètres. La buée floute. Le brouillard aveugle. Elle ne sait plus. Elle n'entend pas la chanson finir. Il n'y a plus que son cœur qui bat aux tempes. D'un coup sec, Papa ouvre la portière :

— Ça va, Hélène ? Tu n'as rien ?

— Ça va, Papa. C'était quoi le bruit ?

— Hélène, tu restes dans la voiture. Ne bouge pas. D'accord ? Ne sors pas.

— Mais, Papa… Qu'est-ce qui se passe ?

— Surtout tu ne sors pas, tu m'entends, Hélène ?

— Papa ?

Il a pris les clés sur le contact au cas où. Sans avoir le temps de protester, elle a entendu la portière claquer. Le bruit sec découpé au milieu de rien. Qu'est-ce qui se passait ? Elle n'avait jamais entendu cette voix-là de Papa avant. Il parlait vite. Fort. Ça creuse un trou dans son ventre. C'est sinistre sans la musique. Est-ce qu'elle va bientôt rentrer à la maison ? Combien de temps encore, Papa. Elle sent qu'il fait de plus en plus sombre à l'intérieur de la Simca 1000. Elle voudrait être dans sa chambre, se mettre sous la couverture rêche marron, comme quand elle entend l'orage de son lit.

Elle a encore collé le front contre la buée de la vitre pour voir Papa s'éloigner. Il s'est approché du tas de ferraille au milieu du brouillard. Hélène ferme les yeux. Le froid s'est engouffré. Il retombe sur le manteau rose et enserre le corps de la petite fille. Attendre. Le silence raidi de la banquette arrière. Les clous d'or dans le cœur.

14

La mairie de Guidel me livre le registre d'état civil de l'année 1976 avec une facilité déconcertante. *Ils sont bien décédés chez nous,* confirme l'employée derrière le bureau. La formule me surprend. Tous les actes de l'année sont classés par date. En moins de deux minutes, je trouve Olivier et Yvonne. Actes numérotés trois et quatre de ce début d'année. L'acte numéro deux m'apprend le nom du pilote de l'avion : *Daniel Guillou*. Trois morts coïncidentes. Même endroit, même heure. Je sors de mon sac un carnet bleu pour les noter. Le lieu-dit, Traoudec, sur la commune de Guidel, ne me rappelle rien. 17 h 30. Ça colle avec le récit de l'appel reçu dans la soirée. Je fais des photos du registre, que j'envoie par message à mon frère. Je prends un dernier cliché, pour l'acte de la page précédente. J'aime noter les marges autour d'un événement. Remarquer la banalité concomitante. Une Michèle et un Serge Le Guen. Leur mariage est enregistré la veille de l'accident. En sortant de la mairie, je rentre *Traoudec* dans le GPS de la voiture.

Tournez à droite, en direction de aéroport de Lorient-Lann-Bihoué. La chaussée suit des champs que le soleil réchauffe. Les sonneries des notifications se succèdent sur le smartphone laissé sur le siège passager. Mon frère est là, derrière son téléphone, plongé dans cette enquête avec moi. Il m'envoie des captures d'écran de l'itinéraire entre la mairie et Traoudec. Quatre kilomètres. Je me range quelques secondes sur le bas-côté et tape à la va-vite : *suis déjà en route.* J'ajoute : *proche aéroport – ils visaient Lorient ?*

En m'engageant plus loin sur une route sinueuse, je cherche du regard le hameau. À l'orée d'une impasse sur la droite, un panneau blanc signale en lettres noires : *Traoudec.* Trois maisons modernes bordent la route à droite et à gauche. Au fond, une grande longère de pierre s'étend perpendiculairement : plusieurs maisons, granit et toits d'ardoises, toutes mitoyennes. L'une d'elles, au milieu, semble plus récente, comme rénovée. En me garant le long d'une haie, je remarque tout de suite la femme qui taille ses lauriers, polaire rouge, bonnet beige. Elle m'a vue. Ici, personne ne doit venir par hasard. Je détaille les champs qui s'allongent autour. Soleil. Calme d'un après-midi d'automne. J'essaye de me représenter le même décor, quarante-cinq ans plus tôt. Dans le froid de janvier et le brouillard qu'avait évoqué Yves. La *crasse* comme ils disent. Je n'arrive pas à faire coïncider la vue avec l'image du lieu de l'accident que je me suis inventée. Ça résiste. Les reflets du soleil sur la pierre des façades démentent résolument le brouillard.

Je cherche, dans cet assemblage de bâtisses, un détail,

qui viendrait confirmer que c'est bien ici. Je remarque une grange, un peu en retrait de la route, face à la longère. Je ne l'avais pas vue. De ce bâtiment, il ne reste que la charpente. La toiture, défoncée, s'offre aux vents. Ça pourrait bien être ça. Dans ma mémoire, l'article de journal chez Raymonde parlait de l'avion écrasé *sur* une ferme.

La femme s'est arrêtée. Elle me regarde. Je sens qu'il faut que je justifie ma présence.

— Pardon, madame, je m'intéresse à ce bâtiment, là, vous savez pourquoi il est dans cet état ?

— La ruine ? C'est une ancienne cave à vin, ma fille l'a rachetée, elle a toujours été comme ça.

Elle a l'air surprise. J'ai dû me tromper. Ça ne doit pas être là. Ou peut-être qu'elle ne vit pas ici depuis très longtemps. L'histoire s'est enfouie dans un paysage qui ne livre aucun secret.

Je lui explique : un accident de 1976, les actes de décès, trouvés quelques minutes plus tôt, à la mairie de Guidel, la mention *Traoudec*, sous les identités. Elle fait un pas en avant et plonge ses yeux dans les miens. Son regard ne ment pas.

— L'avion ? Le couple de jeunes mariés ? C'était affreux, et cette pauvre dame qui était enceinte.

Un cri sort de mon corps. Rien n'est contrôlé. Traoudec se dérobe sous mes pieds et m'engloutit. Elle s'excuse, elle ne voulait pas. Oh là là, est-ce que ça va ? Elle se penche vers moi, avec ses rides et son filet de voix. Je lui dis, à travers les larmes qui me prennent par surprise, que c'étaient mon oncle et ma tante, dans l'avion. Que je ne savais rien de ce bébé. Je savais juste qu'ils s'étaient mariés peu de temps avant. Jusqu'à aujourd'hui, j'ignorais où ils s'étaient écrasés. Elle s'excuse encore. Elle me prend par le bras, m'attire à elle. Il y a de la douceur dans sa voix.

— Mais c'est pas là qu'ils sont tombés, vous savez.

Elle m'emmène quelques mètres plus loin, derrière la maison qui jouxte la grange. Au fond de la route, je découvre vraiment la longère qui se déploie comme une frontière définitive au village. *Ici.* Il y avait un grand trou au sol. Là, juste sous la fenêtre de la cuisine. Elle s'en souvient. Des morceaux d'avion étaient venus taper contre le mur de pierre. *Voyez, on devine encore la marque sur le mur qui a été rejointoyé, là.* Ils ont dû faire des travaux, après. C'était la ferme des parents. Eux, ils vivaient là-bas, au bout, ensuite il y avait l'étable, avec les vaches, et puis ici, c'était la cuisine de la vieille tante. *Une sœur à grand-maman*, mais elle ne vivait déjà plus là quand il y a eu l'accident. *Elle était à l'hospice, à Bodélio, là-bas.*

Je ne dis plus rien. Je me retrouve là. Au point d'impact de l'avion de 76. Revenue quarante-cinq ans en arrière, alors que je n'étais même pas née. Elle me montre l'emplacement des débris. Là, l'hélice, là, le moteur. J'imagine, à partir du bout d'herbe et de la cour caillouteuse de 2020. J'ai l'impression que ce lieu a déployé son emprise sur ma famille, ma vie. *Traoudec.* Pourtant je suis certaine de n'avoir jamais entendu ce nom. Je ne l'aurais pas oublié. Ça sonne comme le trou. Comme l'horreur.

Elle désigne la fenêtre, au-dessus de la partie herbeuse. Elle a été brisée lors de l'impact. De chaque côté, aujourd'hui, un volet blanc. Ni moderne ni ancien. Le soleil vient s'y échouer. Elle précise que ça n'appartient plus à sa famille, ils ont vendu. Maintenant, ce sont des Parisiens qui viennent là, en vacances. Elle, elle vit dans la maison que j'ai vue, derrière la haie de lauriers, à l'entrée du hameau.

— C'est que la fenêtre a été, comment c'est le mot, *soufflée*, par le choc quoi, et...

Elle s'arrête pour me regarder.

— Je vous dis tout ou... ?

Elle cherche à deviner ce que je sais exactement. Je repense à ce que m'a dit Laurence. Cette image qu'elle a gardée du récit des grands-parents : Yvonne aux cheveux épars sur le terrain. Elle me regarde et évacue l'image, presque heureuse, d'une belle endormie, que je m'étais forgée d'après un souvenir transmis et déformé. Elle vient y substituer la précision macabre d'une scène de crash. Les deux autres corps étaient dans les débris de l'avion, au pied du mur ici, mais la passagère a été éjectée, oui. On l'a retrouvée là, dans cette cuisine. Elle a été projetée contre le mur intérieur de la pièce. Il y avait la trace. Elle est retombée sur le carrelage. L'image ne cessera ensuite de traverser les récits de ceux que j'interrogerai. Très peu ont dû voir la réalité d'un corps décalqué contre un crépi de cuisine sombre ; tous m'en parleront. Selon les versions, il y aura ceux pour qui elle avait été retrouvée allongée sur un lit, à l'intérieur d'une chambre à coucher, et ceux, plus techniques et précis, qui me raconteront *la peau de bête,* suspendue au mur. Serge, le frère de la dame aux lauriers, parlera, lui, de *la viande*.

Des détails concrets que me recrache le lieu, des années après, restés gravés chez ceux qui avaient vu ou su. La femme se tient là, aussi fébrile que moi. Elle, cet après-midi-là, elle était là-bas, au bout du bâtiment, chez les parents. Elle s'en souvient parce qu'elle prenait le café avec les petits gâteaux, après les noces de son frère, qui venaient d'avoir lieu. C'était janvier. Il y avait du brouillard. Ça oui. Ça les avait même étonnés qu'un avion soit sorti par ce temps. Son mari, qui était mécanicien à la base aéronavale de Lann-Bihoué, lui, il a tout de suite senti qu'il y avait un problème. C'est par le son qu'il a compris.

— Ça faisait comme des ratés du moteur, il disait, mon mari. L'avion tournait, tournait. Mais venez, rentrez prendre le café, je vais vous raconter.

Des ratés du moteur ? Je la suis sans comprendre. Mes pas sur les graviers de la cour. *Les noces*. Chez eux aussi, des noces ? Je n'arrive plus à réfléchir. En moi, les images se cognent. Le soleil a disparu derrière des nuages. Je ne perçois plus rien de la douceur première du paysage.

Dans la maison, elle me fait un café amer. Elle s'appelle Thérèse. Elle me montre la photo de ses parents. Le père et la mère Le Guen. Celle de son mari, aussi. Il est mort depuis longtemps. Elle raconte l'immense gâteau, les invités partis tard le samedi soir, le mariage du frère, la veille. Je n'aurai qu'à traverser la route pour le rencontrer. Il habite encore ici, lui aussi. Elle me tend une photo de lui, Serge. Je dis *Serge et Michèle* ? Elle sourit. Oui, comment je sais ça ?

Je revois les actes de la mairie, juste avant. Je recherche dans mon portable la photo que j'ai prise du premier acte, celui qui ouvrait le registre d'état civil de l'année. Je lui montre l'écran.

— Oh, c'est drôle, ça, vous avez l'acte de mariage de mon frère et ma belle-sœur dans votre téléphone.

À cet instant, son smartphone sonne. Ça me fait sursauter. Je repense au récit qu'elle a fait pendant que le café coulait bruyamment : son frère, parti chercher les pompiers. *1976, on ne devait pas avoir le téléphone à cette époque-là, ça doit être ça.*

15

Le soir, je m'écroule sur le canapé jaune du salon. Je repousse la poupée que Léonie me tend pour la coiffer. Je n'ai envie de rien. Mes oreilles se sont refermées. Je suis une carcasse vide. Yann fait deux tresses à la poupée et s'occupe de préparer une soupe.

Après le dîner, je raconte ma visite à Traoudec à mon frère. *Putain. Putain. Putain.* Les phrases sont brèves. On reste longtemps au téléphone Étienne, Laurence et moi. L'émotion en boucle, quand je dis la tante enceinte. L'enfant tu. Mon frère semble ailleurs. Laurence prend la parole quand Étienne cale sur le bébé in utero. En même temps, en 1976, un mariage fin décembre, ça ressemble à une date choisie dans la précipitation pour planquer une grossesse, non ? Comment on ne s'en est pas doutés avant ? Il y a une histoire comme celle-ci, dans sa famille.

J'enchaîne avec la possibilité d'une panne moteur, le corps d'Yvonne dans la cuisine, et le lien entre les actes un, deux, trois et quatre, en mairie. Étienne et Laurence m'écoutent et répètent en stéréo : *putain*, comme une formule magique qui pourrait nous sortir de notre état de choc. Leur raconter me fait saisir l'ampleur de la découverte. C'est comme si on dévoilait un autre accident. Très loin de celui qu'on se représentait depuis toujours. Il n'y avait plus deux morts, mais trois. Un cousin pas encore né. La chute de l'avion devenait réelle.

Quatre familles liées à jamais par cette histoire fragmentée, sur les pages numérotées un à quatre, dans le registre d'état civil de l'année 1976 de la mairie de Guidel. J'ai du mal à comprendre. Plusieurs fois, je refais le film au téléphone avec mon frère et ma belle-sœur. Est-ce qu'ils se rendent compte ? Serge et Michèle Le Guen, Daniel Guillou, Olivier et Yvonne sont là, côte à côte, dans le registre de la mairie. Quelle force peut être le hasard, s'il n'est pas un destin ? Un couple se marie. L'employé communal consigne leur union sur la première page du registre qui ouvre l'année. Serge et Michèle Le Guen. Ils profitent du banquet, boivent trop, chantent fort à la ferme ce soir-là. Ils explosent les limites du quotidien. Le brouillard clôt la noce le lendemain, et cet après-midi-là, chacun cuve. À cet instant, la trajectoire de leurs vies est percutée par celle de trois autres jeunes gens, dont un couple. Des jeunes mariés, comme eux. Ils auraient pu tomber partout ailleurs, mais ils tombent là, dans la cour où l'on vient de fêter les noces. L'avion percute le sol et les corps des occupants sont projetés à l'endroit même où, quelques heures plus tôt, se trouvaient encore les bancs du repas de fête. Serge Le Guen n'oublierait jamais son mariage achevé par la chute de l'avion. Le lendemain, l'employé de mairie note les décès sur le registre d'état civil. Et la juxtaposition de noms qui fait se succéder, par le hasard des dates, les actes d'un même registre, devient une suite logique. Le mariage est un événement commun aux deux histoires. Les actes un, deux, trois et quatre ont pour cadre le même endroit : Traoudec. *C'est étonnant*, remarquerait l'employé de mairie, *c'est là où habitent les mariés de samedi*. L'étonnement me fige. Comment expliquer la trame secrète qui relie à jamais ces vies ?

Le lendemain, les cadeaux arrivent non pas par la cheminée, mais par la boîte mail. Ils sont photocopiés, noir et blanc. *Ouest-France* a retrouvé deux articles et une page de Une datés des 5 et 6 janvier 1976. La femme qui me les envoie m'explique la procédure pour les récupérer en tirage pleine page, comme l'original. La Une du journal. Non seulement je n'avais jamais envisagé, avant la découverte chez Raymonde, qu'il existait forcément des articles sur l'accident, mais j'étais loin d'imaginer qu'il avait fait la Une.

La photo et le titre sur le Jodel écrasé couvrent plus de la moitié de la première page de l'édition. En page intérieure, l'accident est rapporté presque objectivement. L'article du 6 vient compléter celui du 5. Les détails y figurent. Les noms, les âges, l'horaire, l'aéro-club de départ, le modèle de l'avion, son immatriculation. Une avalanche de précisions vient embouteiller une surface laissée vierge jusque-là. Je retrouve la photo de la ferme, celle avec les gendarmes en gros plan. Elle correspond à la bâtisse vue la veille, à

Traoudec. Au second plan, on aperçoit des débris et une carcasse d'avion. Une aile, peut-être, et une hélice tordue. Sur l'autre coupure, la même vue, sous un autre angle, on distingue la fenêtre fracassée. Celle que m'a désignée Thérèse. J'envoie tout à mon frère. Les photos en gros plan et les articles. Plusieurs messages. Il est connecté. Immédiatement, il répond. Il est tôt, mais depuis le début de nos recherches, je sens, comme pour moi, que quelque chose en lui s'est mis en marche que plus rien n'arrêtera. Il y pense tout le temps. Il garde son téléphone à portée, au boulot, la nuit, le jour, au cas où je lui enverrais des informations neuves. Son message laconique raconte tout de son émotion. Ça déferle à l'intérieur. Le brouillard se dissipe un peu, enfin, autour d'Olivier Bouvier, commercial, né à Neuilly, et Yvonne Le Gall, infirmière, née au Guilvinec, mariés huit jours plus tôt.

Je suis même étonnée de la précision de la presse de 1976. Le nom de monsieur et madame Le Guen apparaît. Daniel Guillou, le pilote. Mon oncle et ma tante. Dans le corps de l'article, ma tante est désignée par son nom de femme mariée : *Madame Bouvier.* J'écris à Étienne que ça me fait une drôle d'impression. Pour moi, *Madame Bouvier,* c'était ma grand-mère. Je ne suis pas habituée à entendre appeler Yvonne par notre nom de famille maternel, qu'elle n'a porté que huit jours. Pour moi, elle était restée Yvonne *Le Gall.* Mon frère répond : *moi aussi ça m'a fait bizarre.*

« C'est sans doute une panne d'essence qui est à l'origine de l'accident. Aucune odeur de carburant n'a été ressentie sur le terrain, selon les témoins. » Tout corrobore les dires de Thérèse. L'article mentionne le trajet détaillé de l'avion. Un verrou saute. Le Jodel serait parti de l'aéro-club de Cornouaille, pour effectuer le trajet Quimper – Belle-Île – Quiberon – Quimper. Les informations manquantes m'arrivent en bloc. Je relirai plusieurs fois l'article pour les noter toutes. Certains détails attisent cependant le mystère autant qu'ils paraissent le dissiper. Je relève cette phrase : « Un élément demeure inexplicable, le manque de carburant signalé par le pilote à la tour de contrôle. Il apparaît pourtant que l'appareil avait le plein d'essence, dimanche matin, au départ de Quimper. » Le mystère se change en doute sur la fiabilité de ce que je peux trouver dans ces lignes, quand je m'aperçois que l'un des articles titre : « Un avion s'écrase sur Guipel. » La coquille du *p* en place du *d* de *Guidel* convertit la surface apparemment lisse en marécage bourbeux.

Le journal rapporte le nom du commandant de la brigade de gendarmerie de Ploemeur en charge de l'enquête ouverte sur commission rogatoire par le parquet de Lorient, Michel Mahé, ainsi que celui du chef d'escadron des pompiers de Guidel, Jean Le Marec. J'apprends encore par ces lignes serrées que des enquêteurs avaient été dépêchés par l'aviation civile, de Paris, dans le cadre d'une recherche technique sur les causes et circonstances de l'accident d'aéronef. Une foule de pistes nouvelles s'offrent à moi. La précision de l'article est inespérée. J'ai la sensation que plus aucun journaliste ne rédigerait ainsi aujourd'hui, avec autant de détails, « les corps affreusement mutilés », « la passagère de l'avion éjectée à l'intérieur de la maison ». Les identités dévoilées. La protection de la vie privée ne le permettrait sans doute plus. Je mesure ma chance. Et je souris, en voyant l'encart publicitaire, au bas de l'article. Un conseil de la prévention rurale. Je ne m'agace même pas de la misogynie d'époque. « Madame, savez-vous que l'éther, l'essence, les produits détachants, les solvants manipulés à proximité d'une flamme ou d'une matière incandescente, sont des explosifs en puissance ? Ne les utilisez jamais à côté d'une gazinière ou d'un réchaud. » Un dessin l'accompagne : une femme, vêtue d'un tablier de soubrette, s'affaire devant une table à repasser.

Une précision, enfin, retient mon attention. « Une petite fille qui l'échappe belle », sous-titrait l'une des coupures. Elle était restée dans la voiture de son père, venu chercher du lait à la ferme. Celle-ci était stationnée dans la cour du corps de ferme, « c'est à environ cinq mètres de cette voiture occupée par la fillette que l'avion percuta le sol et se désintégra. Il était 17 h 30 », commentait le journaliste. J'évacue ma stupéfaction en l'envoyant par message. *Tu as vu la gamine ? C'est hallucinant. Cinq mètres, c'est marqué.* Étienne me fait parvenir des réponses vides de mots. La notification sonne trois points de suspension qui m'arrivent de Paris. En même temps que je lis cette enfant sauvée, je ne peux m'empêcher de penser à cet autre enfant, dont il n'est pas question dans l'article. De combien de mois ma tante était-elle enceinte ? La question revient depuis la veille. Pourquoi ne nous a-t-on rien dit ? Et surtout, qui le savait dans la famille ?

16

Une explosion. Puissante. Comme une vieille 2 CV dévale une pente et se fracasse. La mère Le Guen se précipite sur le pas de la porte. Dans la cour, là, à quelques mètres : une fumée épaisse. Ça monte, ça monte, ça se mêle au brouillard. Des morceaux de. De tôle. Une hélice. Un avion. Ça ressemble à la queue d'un avion. En quelques secondes, elle comprend. Elle dit aux filles de rester à l'intérieur, avec les enfants. En se levant trop vite, le père Le Morvan a renversé son café sur la nappe à carreaux. Elle le voit parler à sa fille dans la voiture. Dieu merci, elle n'a rien, la gamine. Serge est sorti aussi, elle lui crie d'aller trouver les pompiers. Il part en courant. Elle sait bien qu'il n'y a plus rien à faire. Qu'il y a des morts, là, dans sa cour. Elle se signe.

Elle entend ses vaches gueuler. Ça les aura affolées. Demain, il y aura moins de lait à la traite. Elle va à l'étable pour les calmer. *Là, là, là, tout doux. J'arrive.* Elle contourne les débris. La fumée est en train de se dissiper. Ne pas regarder. Ne pas voir les corps. Elle sent. L'odeur. Une odeur âcre, qui prend la gueule. Ça lui donne la nausée. Elle la reconnaît, l'odeur. Elle s'en souvient. C'est celle du jour où son père a trouvé son oncle et sa tante, dans le champ derrière. Déchiquetés par un obus. Tous les deux. Elle était jeune. C'était la guerre, encore. Ils étaient en train de repiquer les betteraves quand c'est tombé. *La faute à pas de chance,* avait dit Maman. Son père les avait ramassés. Des bouts de chair. Il avait mis tout ça dans de vieux draps qu'on l'avait envoyée chercher dans le buffet. Elle avait pris les draps blancs élimés, tout en bas de la pile. Elle voit encore son père déposer le tissu rouge foncé et le refermer sur eux, dans la salle de la longère, après l'étable. Celle qui appartient à Tantine, maintenant. Tantine. Heureusement qu'elle n'est pas là. Heureusement qu'elle est à l'hospice. La mère Le Guen remarque que la fenêtre de la longère de sa tante a volé en éclats sous le choc. Il va falloir aller voir les dégâts, c'est sûr. Il va y en avoir pour des sous. L'assurance va payer. Ça doit bien servir à ça. Mais cette odeur. Comme du métal. Exactement la même. Elle revoit la pièce dans laquelle, des années plus tôt, son père avait entreposé les corps. La flaque sous le drap. Elle se souvient du sol de terre battue de l'époque. La couleur rouge-brun qu'elle avait prise. Pendant longtemps, elle était restée, la tache.

Elle entend un hélicoptère. Il survole la ferme et repart. Avec cette crasse, on le voit à peine. Les pompiers arrivent sur le terrain au même moment. Suivis par les gendarmes. Elle compte. Ils sont douze. Et pour quoi faire ? À cette heure, les pauvres gens sont déjà froids. Elle observe les enquêteurs s'agiter dans les phares des fourgonnettes de gendarmerie. Ils promènent des lampes-tempête à la surface du terrain. On dirait des grands corbeaux noirs avec leurs capes, dans l'obscurité qui monte. Le brouillard part comme il est venu. Elle se demande si elle l'a rêvé. Si c'était de la fumée.

La mère Le Guen se tient là, dans la cour de la ferme, une main portée à l'encolure de son gros gilet de laine grise. Un crachin se met à tomber. Elle regarde dans le vague, les yeux sur l'hélice tordue, plantée dans la terre, et la carcasse du Jodel blanc ligné rouge. Et son Serge qui se mariait hier. Misère de misère. Il aurait pas pu se casser la gueule ailleurs, cet avion. Un autre jour au moins. Des types arrivent encore. Un homme déplie des pieds de projecteurs et les stabilise dans la boue. Un autre sort une caméra marquée FR3. La télévision. *Manquait plus que ça.*

Le journaliste s'approche, il voudrait lui poser des questions. Raconter quoi ? Elle n'a rien vu, elle était là-bas à boire le café avec toute la famille et le père Le Morvan quand elle a entendu le grand bruit. Elle a tout de suite pensé à ses bêtes. Pourvu qu'il ne leur soit rien arrivé. Quand elle est sortie, les vaches n'avaient rien. Est-ce qu'il a vu leur robe ? *Des laitières, oui, monsieur. Y a bien dans les quatre cents litres par traite. C'est pour ça, faudrait pas que ça vienne les perturber de trop. Toute cette agitation.* Est-ce qu'il veut venir voir l'étable ?

Le journaliste coupe court. Il sort un micro pour enregistrer le commentaire qu'ils rajouteront sur les images. « En capotant, le Jodel s'est totalement désintégré sous la violence du choc, ses trois occupants ont péri sur le coup. » Le cameraman filme une paire de chaussures noires à lacets au milieu des débris. Gros plan.

Les jours d'après, la mère Le Guen devra subir le défilé de ceux qui veulent *voir*. Des curieux en tous genres. Ceux qu'elle renverra chez eux d'un grand éclat de voix, *y a rien à voir, allez-vous-en.* Parmi eux, les obsessionnels, ceux qui inspectent. Les *fouines*. Elle en prendra un à vomir dans le fossé le long du chemin qui mène à la ferme après avoir voulu examiner de trop près les murs qui portent l'éclaboussure des corps. Ça l'avance à quoi ? Il y aura aussi la femme qui vient pour essayer de faire correspondre une réalité à l'accident de son époux. Elle la laissera un moment dans la cour. La femme racontera le mari dans l'avion militaire écrasé à Lann-Bihoué, à côté, *celui des douze morts, vous savez.* Déjà six ans le mois prochain. Ça aura l'air de l'aider, de voir les traces d'un petit avion tombé. La femme repartira en la remerciant. Celle-là, oui, elle en aura pitié.

17

C'est Thérèse, de la ferme Le Guen, qui m'a dit où je pourrais le trouver, dans le centre du bourg de Guidel, à côté du Carrefour City. Elle m'avait décrit l'endroit, mais pas donné le numéro exact. Dans la rue en pente, je regarde les noms sur les boîtes aux lettres. Je trouve le sien sur une sonnette, en surplomb d'un portail noir : *Le Marec*. La femme qui m'ouvre appelle son mari et me fait passer dans le salon. *Jean, c'est pour toi.*

Il se tient là, au coin de la table, face à moi. C'est un monsieur de quatre-vingt-dix ans. C'était lui, le chef de la première équipe sur le terrain de la ferme de Traoudec. Ça ne le dérange pas de me raconter. Il ne prend pas la peine de me dire ce qu'il était en train de faire lorsqu'on est venu le chercher, ni où il se trouvait, ni avec qui. Il ne mentionne pas le repas des pompiers qui s'est prolongé tard dans l'après-midi, comme d'autres me le rapporteront ensuite, ce dimanche de l'an. Il parle directement de l'avion qui a foncé sur la ferme et de la femme qui a passé par la fenêtre pour atterrir au fond de la maison. Il monte la voix pour terminer l'explication.

— Et puis toute déchiquetée parce que j'ai dû crocher dedans pour savoir si c'était un homme ou si c'était une femme.

Il répète ces mots qu'il avale presque : *crocher d'dans*. La formule ne recouvre aucun sens précis pour moi, mais je sens qu'elle contient une vérité qui dépasse mon imagination.

— Y avait que ses cheveux... Une blonde, si je ne me trompe pas.

Ils n'avaient jamais vu ça. Ils avaient même interdit au plus jeune de venir voir ; un gamin qui venait de rentrer chez les pompiers, il devait avoir dix-sept ans. Il avait dû rester dans le fourgon, sur la route qui desservait la ferme, en contrebas.

— Pour les deux hommes, y avait deux plaques de sang sur les murs extérieurs de l'habitation. Leurs corps étaient dispersés, au bas de la fenêtre, de chaque côté. Y avait plus qu'à les ramasser. Morceau par morceau.

Je ne dis rien, n'ose plus bouger. Pas l'impression qu'il s'adresse à moi. Il a le regard fixe, qui fuit en diagonale. J'entends ses ongles tapoter le rebord de la table.

— Elle, elle était déchiquetée. Ça, on s'en rappelle. Pourtant, on en a vu, des morts. J'en ai croché d'dans. Des accidentés de la route, des noyés, des pendus. C'est pas beau non plus, quand il faut couper la corde. Mais là, c'était pas pareil. C'est le pire que j'aie vu. Le pire. Le pire.

Il roule les *r* avec un accent que je ne connais pas.

— Là, la femme, elle avait passé par la fenêtre et pardessus la table et elle était rentrée au fond de la maison. Sûrement qu'elle devait être sur le siège à l'arrière et puis pas attachée. Pour avoir été catapultée comme ça. L'homme, lui, il devait être à l'avant, à côté du pilote. Quand tu vois ça. Ben dis donc. Et puis deux plaques de sang. Toc.

Jean fait un son avec sa langue.

— Ouais. Fallait bien qu'on croche dedans, tiens. Pas le choix.

Sa voix a faibli. Des mots en boucle, qu'il ne s'entend pas prononcer. Je le quitte en m'excusant. Son regard de Gorgone me hantera longtemps. Les yeux vitreux d'une personne vraiment âgée. Comme un filtre devant l'iris. Un regard figé qui me pétrifie en retour. En arrivant chez moi, je tape dans Google : *crocher dedans*.

18

L'Alouette de la sécurité civile évolue de poteau téléphonique en poteau téléphonique, tant le brouillard tient au sol. Michel Mahé, chef de brigade de la gendarmerie de Ploemeur, la voit apparaître et disparaître au moment où il arrête le fourgon derrière celui des pompiers. Elle s'éloigne dans un grand bruit de pales sans même avoir pu se poser. Il observe le terrain couvert de débris. Il sait déjà que c'est la ferme Le Guen. Il connaît la mère Le Guen. Jean le Marec, chef d'escadron des pompiers de Guidel, vient à sa rencontre. Deux victimes, là, dans la cour, sous les fenêtres de la maison.

Michel Mahé va chercher de quoi établir le procès-verbal. Il note. *16 h 35, Temps universel. Plafond 100 mètres, visibilité 500 mètres. Physionomie du terrain : cour de ferme. Au moment de l'accident le sol est humide et recouvert de boue. Diamètre et profondeur de l'excavation au sol, au point d'impact.* Ses hommes font les relevés. Ils mesurent. Surface d'éparpillement de l'épave disloquée : vingt mètres carrés environ. Ils prennent des photos noir et blanc. Des gros plans. Des plans d'ensemble. Les flashs trouent la nuit qui tombe. Ils prélèvent minutieusement les appareils explosés pour les fournir aux spécialistes de l'aéronautique : nanomètre, altimètre, boussole, horizon artificiel. Ils fouillent la boue avec les lampes-tempête et examinent chaque débris : la verrière en morceaux, les roues, le moteur, l'hélice tordue, les sièges projetés, l'arceau, les ailes, le fuselage et l'empennage arrière de l'avion. Ils prennent des métrés à partir de points fixes – les coins des murs de l'étable. Le chef de brigade trace un croquis de l'état des lieux. *Ne mettre en rouge que le point d'impact.* Parmi les débris, ils retrouvent aussi les réservoirs d'essence éventrés. Sous la rubrique *notes : aucune odeur caractéristique n'est perçue.*

Les gendarmes de Lorient arrivent en renfort, suivis par la brigade spéciale des transports aériens. Il s'interrompt pour les saluer. Puis il reprend. *Dégâts matériels – porte cassée, fenêtre détériorée, mur extérieur en pierre enfoncé sous la fenêtre.* Pour pénétrer dans la longère, il demande la clé à la mère Le Guen. *Est-ce que c'est à vous ?* La femme part chercher le double de sa tante dans le tiroir de la commode. La vieille est à l'hospice, à Bodélio, là-bas.

À l'intérieur : des morceaux de vitre brisée, une table en Formica renversée, une lampe cassée, les sièges arrière de l'aéronef, des traces de sang. Partout. Les enquêteurs découvrent le corps d'une troisième victime. Une jeune femme. Contre le mur du fond de la pièce. Le chef de brigade rajoute une croix sur le croquis. Emplacement des corps. *T1, T2, T3*. Ça forme un triangle sur le plan. Il écrit :

les corps ont été éjectés lors du choc de l'appareil avec le sol. Sous la rubrique *C – constatations concernant les victimes*, il détaille : *membres arrachés, têtes broyées, corps disloqués*. Dans la veste de chacun des hommes se trouve leur portefeuille. Avec les pièces d'identité. Et la licence du pilote.

Quand il ressort à l'extérieur, l'un des gars de la brigade lui remet les effets personnels des victimes. Il les a ramassés et fourrés dans des sachets plastique transparents. Il agite le dernier. *Celui-ci, on l'a trouvé là-bas, tout au fond de la cour.* Demain le chef de brigade se chargera de les rendre aux familles. Il va falloir les contacter ce soir. Un sac à main noir avec un paquet de cigarettes Kool Super Longs, une montre au verre brisé – l'aiguille stoppée un peu après 17 h 20, un Rolleiflex cassé – la pellicule, à l'intérieur, semble intacte.

19

Étienne a trouvé le contact d'un type du BEA et lancé une demande pour retrouver le rapport d'enquête sur l'accident. Il m'appelle, un soir, pour me l'annoncer. En réalité, comme l'article le mentionne, il y a deux enquêtes. Celle de la gendarmerie, classique en cas d'homicide. Et celle du BEA, le Bureau d'enquêtes et d'analyses. C'est une enquête technique de l'aviation civile. Ce n'est pas pour déterminer des responsabilités, mais pour essayer de comprendre précisément les causes et circonstances d'un accident d'aéronef. Mettre en évidence d'éventuelles défaillances techniques dans un but préventif pour la sécurité de l'aviation civile. Analyser et améliorer. J'écoute les explications d'Étienne. C'est précis. Il a toujours eu un don pour rendre les choses limpides. Yann a pris la conversation en route, il me fait mettre le haut-parleur. Lui aussi s'est pris au jeu de ma recherche. Yann m'expliquera ensuite que c'est comme sur les thoniers, où les risques sont élevés. Les causes révélées des accidents d'aujourd'hui permettent d'éviter ceux de demain et d'ajuster les protocoles de sécurité à bord.

— Et alors la gendarmerie, tu as demandé aussi ?

Étienne ne sait pas encore à qui s'adresser. Il a envoyé un message à un de ses copains de lycée qui est devenu gendarme, mais avec la Covid, le type est un peu débordé, il n'a pas encore répondu.

— OK, si tu veux, j'essayerai d'appeler la gendarmerie de Guidel, pour savoir où se trouvent leurs archives, une trace d'un procès-verbal, d'une enquête, quelque chose.

— D'accord.

— Demain, je vais au Guilvinec, pour mon projet avec le lycée maritime, tu sais, mes ateliers.

— Ah oui, c'est vrai. Ça se passe bien avec les gamins ?

— À peu près.

Yann trouve que je me plains trop, que je me laisse déborder par ces ados en mal de bornes. Le lycée maritime, ils n'en ont pas grand-chose à faire. Mon projet sonore, encore moins. Eux, c'est la ligne d'horizon qu'ils choisissent. Quand le bateau quitte le quai en pleine nuit, pour une marée. Prendre la mer. Vivre au rythme des branle-bas, toutes les deux, trois ou quatre heures dans les zones où ils tombent le chalut. Sauter dans les bottes et la salopette cirée pour aller récupérer le poisson pris dans le filet. Espérer qu'il y en ait beaucoup. Que la pêche soit bonne. Qu'ils ramènent lourd. Qu'ils soient bien payés.

— En tout cas, j'y retourne demain, et j'en profiterais bien pour passer à la mairie. J'aimerais qu'on récupère l'acte de mariage d'Olivier et Yvonne.

— Mais oui, très bonne idée. Maintenant qu'on a la date exacte, ça devrait être plus facile.

« Mariés depuis huit jours », signalait l'article de journal. Ça donnait le 27 décembre. En remontant dans le calendrier sur Internet, c'était un samedi.

Le lendemain, je joins la gendarmerie de Guidel. Il y a bien un service en charge de conserver les vieux dossiers, mais l'individu à l'accueil n'est pas disposé à m'en donner les coordonnées. Si je *n'avais pas à en connaître*, je n'aurais pas accès aux archives. Les enquêtes de gendarmerie sont pour les tribunaux. Qu'est-ce qu'elle croit, la demoiselle ? Je raccroche, franchement agacée par le ton mi-supérieur cowboy, mi-hautain macho. *Machaud*, prononçait mon grand-père, et j'adorais ça.

Une mouette égarée me salue, à la sortie du lycée maritime, l'après-midi. La copie de l'acte de mariage que je déniche à la mairie éponge un peu la déception de l'appel du midi. Je la rapporte, triomphante, tout le trajet retour, sur le siège passager. Le radar fixe de la quatre voies capture mon sourire. Depuis quelques semaines déjà, cette enquête me brasse. Je trouve des pièces. Des articles. Des gens. J'y pense. Le jour, la nuit, quand je mange, quand je conduis. Je réorganise les éléments. Mon corps est en 2021, mon esprit en 1976. Mon pied sur l'accélérateur me fait dépasser trop souvent la limite autorisée. Je reçois, en chaîne, les PV d'excès de vitesse, cette semaine-là et les mois qui suivront. Chaque fois, Yann se moque quand il voit arriver les enveloppes typographiées de l'administration, à mon nom, dans notre boîte aux lettres.

Je suis ailleurs. Je prends des notes. Dans la chambre, dans le studio vert à l'acoustique ouatée, dans le train, dans la voiture garée sur le bas-côté. Je dématérialise. Je *backupe.* Noter avant d'oublier. Garder pour plus tard. Collecter les pièces du puzzle. Le téléphone stocke mes mots. Évidence du seul objet toujours avec moi. Parfois, notes écrites. Parfois, notes vocales. Traquer tout ce qui émerge du silence. Comme lorsque je suis sur un tournage documentaire avec mes micros, être aux aguets. Je connais la posture. Comme si mon métier avait été une répétition générale. Capter les signaux sonores. Chercher dans toutes les directions. Dans le pli des années. Dans l'opacité d'une histoire de brouillard. En imaginant les pièces manquantes. En cherchant leur agencement. Avec le sentiment d'avoir besoin de savoir et espérer entendre l'écho de tout cela sur ma vie. Comprendre. Et peut-être pouvoir *parler* avec ma mère. Aller au bout de l'histoire. Qu'on me la raconte enfin. Maintenant. Parfois, je trouve une pièce tangible. Parfois, je crois que le banc de brume se dissipe un instant.

Le soir, Étienne téléphone pour me remercier. Il a reçu la copie de l'acte de mariage. Il arrive enfin à déchiffrer l'adresse d'Olivier qu'il n'était pas parvenu à lire sur l'acte de décès, calligraphié à la plume. Entre l'acte de mariage et l'acte de décès, Yvonne a changé d'adresse. Officiellement, elle habitait encore chez ses parents au moment du mariage. Après, la bienséance n'interdisait plus rien. Étienne a déjà regardé sur le site de l'IGN : *Les Goélands, Kerbernez*, à Loctudy, semble être un lotissement. On pourrait y aller tous les deux ? Il faudrait trouver l'occasion. Peut-être à Noël ?

— Et tu sais, Alice, quand j'ai vu son nom sur l'acte, je me suis dit qu'on aurait pu se douter que c'était mon parrain, le témoin du mariage d'Olivier.

Bien sûr que c'était Paf. Ça fait un moment qu'on ne l'a pas revu. Depuis la mort de Manou, il y a trois ans. Pierre-Alain Farges. Surnommé *Paf*. Aux enterrements des grands-parents, il avait été très présent. On ne peut pas ignorer qu'il y avait un lien fort entre eux. On n'en connaît pas réellement le détail, mais on sait qu'il a été l'ami d'Olivier. Son nom surgit dans notre recherche sans qu'on ait eu la présence d'esprit d'y penser. Lui écrire, bien sûr. Paf a toujours assumé son rôle de parrain pour Étienne. C'était une façon de prolonger son amitié immense pour Olivier. Quand mon frère était gamin, aux anniversaires, il recevait toujours une carte musicale signée de ces trois lettres *P.A.F.* Sarah et moi, on regardait la carte avec envie. On avait interdiction d'y toucher. Notre frère avait peur qu'on casse le mécanisme. Il la rangeait avec soin sur son bureau, à côté du pot à crayons en métal cabossé. Étienne était né en janvier, un an après la mort d'Olivier, et la grand-mère avait suggéré de baptiser le petit-fils du nom du fils fraîchement disparu. Ma mère n'en avait rien fait, évitant sans doute au nouveau-né pas mal d'années de psychanalyse. Mais il lui avait semblé évident de lui choisir Paf pour parrain. C'était une sorte de cadeau qu'ils se faisaient mutuellement. Une façon de donner corps au lien qui les unissait.

En naissant à cette période, Étienne avait permis de borner une zone rouge : le chagrin de ma mère se découvrait dès les débuts de décembre. Il fallait affronter la période entre Noël et le jour de l'an en baissant la tête, début janvier suivait avec son lot de mauvais souvenirs. Ma mère et ma grand-mère avaient leur anniversaire fin décembre, le 29 et le 31. Le 27 décembre rappelait inévitablement le mariage d'Olivier et Yvonne, qui ne pouvait plus être un souvenir heureux : le 4 janvier l'a éclaboussé à jamais. Les anniversaires de la période n'étaient pas non plus marqués par la joie, même si, petits, nous faisions semblant de le croire. La tension se tapissait là, ratissant large. La douleur non absorbée noyait l'envie de faire bonne figure. Je me souviens des soirées cadeaux ratés et d'un doudou offert et repris, dans une boîte à chaussures, un éléphant arc-en-ciel aux larges oreilles. Sa gueule enfarinée n'avait rien changé à la tristesse qui faisait tout plonger. L'année commençait toujours sombre. Étienne, du 31, permettait au moins d'annoncer une borne à la grisaille des jours de janvier. On se reprenait, il y avait des enfants qui grandissaient, février s'avançait en pente remontante.

L'autre nom de témoin inscrit sur le document de mairie ne nous dit rien. Une certaine *Nicole Kerdual*. Infirmière. Domiciliée à Pont-l'Abbé. Peut-être une collègue d'Yvonne.

Je termine en lui racontant ma déconvenue à la gendarmerie. Étienne va réessayer auprès de son ami. Ça finira par marcher. Il est confiant. Il va falloir être patients. Je ne sais pas l'être. Pour moi, cette histoire n'existait pas ; désormais, j'ai le besoin urgent de savoir, rencontrer ceux qui pourraient m'en parler. Yann a du mal à suivre ma frénésie. Mais Étienne est branché. On est sur le même canal. Je raconte encore à mon frère mes recherches infructueuses pour retrouver la petite fille dans la cour. L'article signale qu'Hélène Le Morvan avait dix ans à l'époque, et venait de Fort-Bloqué. Elle doit en avoir cinquante-cinq aujourd'hui. Un appel à la mairie me permet de découvrir son nom de femme mariée. Mais Hélène demeure introuvable. Il y a d'autres Le Morvan, par contre, sur la commune de Ploemeur, où se situe Fort-Bloqué. Je laisse des messages sur des répondeurs. Peut-être que quelqu'un de sa famille se manifestera. Étienne conclut en me soufflant une dernière piste. Il a relu l'article de l'autre jour. Il y est question de l'aérodrome de Quiberon. Ceux-là, on ne les a pas encore appelés, non ? *Qu'est-ce qu'ils sont allés foutre à Quiberon ?*

20

La Simca 1000 file dans la nuit. Longer la plage de Guidel en direction de Fort-Bloqué. Hélène, son père, le silence dans l'habitacle. La petite fille sur la banquette arrière repense à l'attente dans la voiture. Elle aurait aimé continuer à écouter la musique. À travers les fenêtres du véhicule, elle ne voyait rien. Le brouillard, puis la nuit. La tête appuyée contre la vitre froide, l'ennui a fini par dissoudre l'angoisse. Il en avait mis du temps, Papa, pour aller chercher le lait et boire un café. Les jours suivants, à l'école, tout le monde viendrait voir Hélène dans la cour. Alors c'est vrai que tu es une *miraculée* ? Ils diraient le mot du journal. *Le Télégramme*. Toute sa vie, elle se souviendrait des *clous d'or*.

Son père au volant est concentré. Il a pu repartir une fois sa déposition prise. C'était long. Le gendarme posait plein de questions. La gamine qui attendait toujours pendant ce temps. Elle allait finir gelée. Il repense au bruit. Un fracas jamais entendu auparavant. À l'odeur. L'impression de l'avoir gardée dans le nez. Ça n'a pas senti l'essence. Au début, il avait eu peur que ça prenne feu. Il s'était précipité sur la Simca pour retirer les clés du contact et vérifier qu'Hélène allait bien. Il avait compris que ça ne brûlerait pas. La fumée blanchâtre s'était dissoute. Elle avait laissé place au spectacle macabre.

Le père d'Hélène cramponne ses mains plus fort sur le volant. Il se jure de ne plus laisser sa fille attendre seule dans la voiture.

21

J'entre : fatras d'archives et d'objets hétéroclites. Des vêtements accumulés sur des fauteuils club marron défoncés, un téléviseur à tube cathodique, un manteau bleu démodé à une poignée de porte. Des avions, un peu partout : en maquettes sur la commode, en photos sur les murs, en modèles miniatures, suspendus aux lustres. Ça sent la clope et la crasse. Je suis venue rencontrer la dernière personne qui ait parlé à mon oncle et ma tante, sans savoir à quoi m'attendre.

Je m'étais demandé à quoi il ressemblerait. Le type au club de Quiberon avait d'abord été méfiant. Puis il m'avait dit : *moi je suis trop jeune, mais appelez voir Hervé. C'est un ancien du club. Lui, il pourra peut-être vous dire. Il a bonne mémoire. Et puis, il conserve tout ce qui tourne autour des avions. Chez lui, c'est un vrai musée.* Il m'avait tendu un papier avec son numéro et était passé au tutoiement. *C'est l'homme qu'il te faut, appelle-le.* Ça sonnait comme un ordre. À la scansion de la voix d'Hervé, j'avais senti qu'il fallait que je vienne. Ce qu'il avait à me raconter ne pouvait pas se dire par téléphone. Le confinement, il s'en foutait. Il était vieux, il fallait bien mourir de quelque chose. *Si t'es pas malade, tu viens.* Lui aussi m'avait tutoyée directement. Nous étions convenus d'un rendez-vous, un après-midi. Le matin, pas question, il se levait tard. Un inconnu m'invitait pour me parler de ma famille, il en savait plus long que moi.

C'est un vieil homme qui m'ouvre. Il tient un téléphone devant sa bouche. Il parle fort. *Je te laisse, mon Guillaume.* Une jolie fille qui vient lui rendre visite, c'est quand même pas tous les jours. Il s'excuse. Son fils. Il a repris le vouvoiement. Il a l'air plus doux qu'au téléphone. Plus timide, ou plus tendu. On s'installe à la table ronde du salon. Elle est couverte d'une pile de vieux journaux et d'un cendrier qui déborde. Il se relève, va fouiller un tiroir et revient vers la table en tournant les pages d'un petit cahier.

— Tenez, regardez. Après votre appel, j'ai retrouvé mon carnet de vol de cette année-là. Vous savez, moi je conserve tout. Là, 76. À cette époque, j'étais déjà instructeur à l'aérodrome de Quiberon. J'avais quatre mille heures de vol au compteur. Maintenant, j'en ai vingt mille. Mais faut pas croire, j'en sais pas plus. Quand je pars pour un vol, le matin, j'me dis : fais pas l'con, regarde bien si toutes les vis elles y sont, si tous les axes ils y sont, penche-toi, vérifie. C'est pas l'avion qui tue.

Il a retrouvé la page qu'il cherchait.

— Voilà, ici. 4 janvier 1976. J'ai noté mon vol précédent, sur un vieux Piper de l'armée, avec un dénommé

Lionel B. : quinze minutes. Un vol de repérage. Et c'est pendant ce temps que… Regardez, là.

Il indique la marge à droite, au bout de la ligne où il a consigné ses vols de la journée. Un chiffre *3*, une croix chrétienne, des lettres *F, B, S, J, L*, d'autres chiffres, *1, 7, 2, 0*, et d'autres lettres *L, B* et *H*. Il décode pour moi.

— J'avais noté ce jour-là, je notais tout déjà à l'époque. Là, c'est marqué *3*, la croix, c'est pour *morts*. Après, les lettres, c'est pour l'immatriculation de l'avion. *Foxtrot Bravo Sierra Juliet Lima*. Et puis ensuite, il y a l'heure, *1720* c'est pour 17 h 20, et le lieu : Lann-Bihoué, *LBH*. C'est la base de Lorient, y a un aérodrome civil et militaire là-bas.

Je ne réponds rien. Abasourdie de trouver, dans le carnet de cet inconnu, la trace, prise sur le vif, de la mort de mon oncle et ma tante. Je repense aux actes de la mairie, la semaine précédente : les décès y étaient consignés à 17 h 30. La mort constatée un peu après. Hervé m'expliquera que 17 h 20, il s'en souvient, c'est l'heure à laquelle la tour de contrôle de Lann-Bihoué l'a appelé, lui.

Il se rassoit enfin. Il va commencer le récit. C'est comme s'il avait toujours attendu que quelqu'un vienne lui demander.

— Vous trouverez pas une personne qui pourra vous ra… Oh pu…

Le son de ses doigts sur le bois a remplacé les mots. L'émotion déferle. Les secondes s'écoulent et me font prendre la mesure de l'événement dans la vie d'inconnus. Moi qui croyais qu'il appartenait à la mémoire familiale. Le crash inscrit dans la mémoire des autres. *Tout est revenu.* Toutes les images, tous les détails de cette journée d'hiver 76. Hervé les revoit, les visages du couple de jeunes mariés, habillés en clair, les silhouettes, et puis l'autre, le pilote, plutôt en foncé.

— Je pensais pas que quarante-cinq ans après, ça pouvait ressurgir comme ça.

Il dit ça dans un souffle, pour prendre à revers les larmes.

— Je vais vous raconter.

— Comment ça *ressurgir comme ça* ?

Hervé me regarde.

— Si vous voulez, moi, j'avais toujours rêvé d'être aviateur. Je suis né en 39, et pendant la guerre, y avait une base aérienne à côté de chez moi. J'étais émerveillé de voir tous ces avions.

Hervé se lance dans un récit depuis l'enfance. Je sais qu'il retarde le moment de me parler du 4 janvier. Il reprend pied. Il raconte comment il est devenu pilote, puis instructeur, après avoir été radio dans les sous-marins. Sa gouaille m'enchante. Il éloigne le souvenir de l'accident en passant d'une époque à l'autre, d'un pays à l'autre. Il a parcouru le monde en avion. Attention, pas les gros, non, les petits, ceux qui nécessitent de savoir *vraiment* piloter. Avec les avions de ligne, vous êtes au-dessus de la couche de nuages. Pas de mérite ! Il évoque ses traversées de l'Atlantique en monomoteur, le cap Nord, l'atterrissage chez les Inuits et celui, raté, sur la plage de Concarneau. Je l'écoute me raconter le cockpit de son avion sous l'eau, la *grande porte noire,* la *belle musique*, la carlingue en partie immergée comme s'il l'avait vue depuis la grève. Je commente en lui parlant d'expérience de mort imminente. Il balaye l'expression. Les médecins lui ont dit ça, peut-être. Les accidents, sept pour une vie dans les airs. Que des petits bobos. Il tend son bras et soulève la manche de sa chemise à carreaux.

— Regardez, là, la cicatrice. On dirait un *i*. Comme l'immatriculation de l'avion de cette fois-là.

Hervé a mille vies. Il a eu plusieurs femmes et un fils. *Un, officiellement*, il précise, en éclatant d'un rire sonore.

Et au détour d'une phrase, il commence :

— Ce matin-là, il faisait mauvais. Je m'en souviens très bien, parce que l'aérodrome de Belle-Île était fermé. C'était un terrain en herbe, tout boueux, dans c'temps-là.

Sa voix est descendue dans les graves.

— Mais moi, en tant qu'instructeur à Quiberon, j'avais le droit de me poser, pour donner un coup de main à leurs élèves.

Il me raconte sa rencontre avec *les mariés*. Il ne connaît pas leur nom. L'atterrissage de leur avion sur la piste herbeuse. Un Jodel. Moteur coupé. Je ne comprends pas bien ce que ça veut dire. Il était allé les engueuler gentiment. *Ben dites donc, faut pas se poser moteur éteint comme ça, vous êtes gonflés, qu'est-ce qui vous arrive ?*

Il prend une voix bredouillante pour me rapporter la réponse du pilote. Hervé leur a expliqué le givrage du carburateur, c'est ce qui avait dû se produire. Une fine couche de glace venue obstruer l'arrivée d'essence au niveau du moteur. Ça arrivait souvent l'hiver. Il fallait parer ça avec la commande de réchauffage carburateur. Visiblement, le pilote n'était pas au courant. *Et puis, qu'est-ce que vous venez faire ici ? C'est fermé. Je serais vous, je repartirais tout de suite sur Quimper. Rentrez, avant qu'il ne fasse trop mauvais. La météo n'est pas bonne.*

Ensuite, Hervé était retourné au club, à Quiberon, vers midi. Sur une photo au mur, il me montre l'étroite cabane de bois, seul bâtiment de l'aérodrome à cette époque.

— Et puis vers 14 heures, qui est-ce que je vois arriver à Quiberon ? Eux trois ! L'avion de Quimper ! Je vais les voir et je leur dis : *vous êtes toujours pas rentrés ? Faut vous dépêcher, là.* Mais ils avaient prévu de passer voir un cousin ou un oncle. Je ne sais plus trop. Un monsieur André, je crois. Quand ils sont revenus au club, c'était 16 h 30. Là, je leur ai dit que cette fois, il ne fallait plus partir, il fallait rester. *C'est pas volable.*

Il a l'accent qui traîne un peu sur les *a*. Quelque chose qui vient du nez. Il rejoue le ton de l'injonction.

— Entre-temps, le plafond avait descendu. Regardez, j'ai noté sur mon carnet de vol, là, bruine, et là, nuages, *visi* huit cents pieds. Ça veut dire que le plafond était en dessous de deux cents mètres. Je m'en souviens bien, parce qu'à ce moment-là, j'ai pris un avion, juste pour faire un circuit d'aérodrome et aller tâter le ciel, avec un élève. On est allés au bout de la piste et on a décollé, pour se rendre compte. L'élève, lui, il a flippé tout de suite, à peine quitté la piste. On voyait rien. Y avait une trappe d'observation sur le côté, on l'a ouverte : on voyait que des nuages. Il m'a crié : pose-toi, pose-toi. Il a paniqué. Je lui ai dit de se calmer, que la piste était en dessous. Je savais ce que je faisais. Mais fallait pas aller plus loin. C'est quand on a roulé sur la piste pour s'envoler avec le gamin que j'ai vu l'avion de Quimper se positionner derrière moi. J'avais pas de radio dans ce vieux Piper. Je lui ai fait des signes comme ça. Faut pas y aller. Quand on s'est posé à nouveau, il avait décollé. J'ai dit : *oh, les cons.*

Hervé fait de grands gestes avec les bras et comme une croix pour accompagner ses paroles. Il est précis. Je vois le film qui défile dans ses yeux. À ce moment-là, il prend le paquet de Marlboro sur la table et s'allume une clope. Je ne sens même pas la fumée qu'il recrache dans un souffle sonore. Je voudrais lui demander pour l'essence, mais je suis incapable de l'interrompre. Je continue d'écouter, sans laisser paraître comme ça tord dans mon ventre.

— Après, je suis allé ranger l'avion dans le hangar, j'ai tout fermé, et j'ai rejoint les copains à côté du poêle, dans la cabane. Ça caillait. À ce moment-là, j'ai eu l'appel de Lann-Bihoué. Le gars m'a demandé si y avait un appareil du club en l'air. Je lui ai dit : *pensez-vous, avec cette crasse ! J'ai renvoyé les élèves, et avec les copains, on boit un coup. J'ai mis tous les avions au sec et la clé du hangar est dans ma poche.* Le type au téléphone a insisté : *c'est bien certain ?* C'est là que j'ai percuté : l'avion qui n'était pas du club, le Jodel de Quimper. *Y a bien un avion qui va pour Quimper, il a décollé vers 16 h 55. Mais pourquoi vous demandez ça ? — Parce qu'y a eu un problème*, qu'il me fait. J'ai demandé si c'était grave. Le gars de la tour a répondu que oui, c'était définitif. J'ai raccroché et je suis allé noter dans la marge de mon carnet de vol.

Je suis toujours incapable de réagir. J'encaisse les scènes qu'il me fait revivre en me rapportant les dialogues. Tout semble si précis que tout acquiert instantanément la solidité du vrai. Il tire sur sa cigarette en la prenant entre le pouce et l'index. Il avale la fumée, amer et fataliste.

— Ils n'auraient jamais dû partir. Qu'est-ce que vous voulez ?

Il hausse les épaules.

— Oui, j'ai eu beaucoup de peine pour ce jeune couple. Je les revois encore, les gamins.

Il écrase sa clope et me dit, le mégot entre les doigts, les yeux rivés sur le cendrier :

— Après, est-ce que je leur ai donné le mauvais exemple aussi, en décollant avec mon élève… Mais je leur avais dit de pas y aller, putain.

Il a haussé la voix. Je reste silencieuse en considérant la possibilité d'une méprise. D'un mauvais signal donné. L'éventualité qu'ils se soient dit : l'instructeur y va, pourquoi pas nous, merde. Le malentendu. Mon dos s'est raidi contre la chaise en Formica. Dehors, le vent a forci, et j'entends un filet d'air s'engouffrer sous la porte vitrée. Le grand platane dans la cour agite ce qui lui reste de feuilles d'automne. Un fantôme rouge et ocre danse dehors.

Plus tard, je quitterai Hervé en le remerciant d'avoir accepté de me raconter. Il ne comprendra pas tout de l'importance de son témoignage. Il est à un bout de l'histoire et n'en voit qu'une facette. De mon côté, j'essaye de les rassembler toutes. Accumuler les strates de mémoires, forcément partielles, forcément déformées, pour me faire une idée de ce qui n'était jusqu'à présent qu'un événement dans l'angle mort de ma vie. Un accident survenu avant ma naissance.

22

En rentrant, j'interroge Google au sujet d'une expression d'Hervé : *entrée involontaire en IMC. IMC* tout court me renvoie à des calculs d'indice de masse corporelle. *IMC + aviation* aboutit à *Instrument Meteorological Conditions.* Conditions météo de vol aux instruments. Dans ces cas-là, il faut être équipé d'instruments de vol et savoir s'en servir. Une licence spéciale correspond, celle qu'ont les pilotes de ligne et quelques autres : une licence IFR – *Instrument Flight Rules.*

Entrée involontaire en IMC. Événement grave qui peut mener à la perte de contrôle de l'avion, due aux illusions sensorielles du pilote. Le dernier mot de la définition est : *vrille mortelle.* Google donne un temps moyen avant impact : *178 secondes* pour un pilote de vol à vue non entraîné au vol aux instruments. Plus bas, un article du magazine de la Fédération française d'aéronautique titre *Entrée en IMC, sortie fatale.* Au moins, c'est clair.

Je clique sur une vidéo liée au sujet. Des Canadiens ont mené une expérience sur simulateur de vol avec des pilotes chevronnés, habitués au vol à vue, mais sans formation de vol aux instruments. Les organisateurs déclenchent une entrée involontaire en condition IMC. Ça ne loupe pas. Perte de repères visuels. Désorientation spatiale. Les dialogues postsynchronisés sont courtois, mais ils se terminent toujours par un crash. C'est doublé par des Québécois. Le type de l'organisation dit : *attention, on voit les arbres, il faut que tu redresses*. Le pilote répond calmement : *j'essaye, j'essaye, mais nous allons nous écraser ici, mon ami, on touchera le sol avant que je n'aie pu redresser l'appareil, ce qui est dommage*. La voix off reprend en parlant de la difficulté à maintenir l'avion dans ces conditions de *purée de pois,* qu'elle prononce *pôa*. L'accent rend tout charmant, mais on parle quand même d'avion écrasé, *tabernacle*. L'absence de repères visuels implique de savoir voler aux instruments, Instrument Flight Rules, IFR. Si on n'y est pas formé, la perte de contrôle de l'appareil est inévitable. Au bout de quelques secondes, impossible de savoir distinguer le ciel du sol, le moindre mouvement de manche devient fatal. C'est glaçant. Je referme l'ordinateur avec un début de nausée.

Le soir, je partage avec Étienne les souvenirs qu'Hervé nous a rendus. Dans le creux du combiné, on se dit qu'on est chanceux d'être tombés sur lui. Qu'il ait pu nous raconter la dernière journée d'Olivier et Yvonne. Mais on ne s'attendait pas à cette version. Les mises en garde, le brouillard, le : *ils n'auraient jamais dû décoller*. Je lui raconte tout, en bloc. Ma voix tremble un peu et mon frère a du mal à suivre : *alors ce n'était pas une panne d'essence ?*

Je reprends, plus calmement, en essayant de me souvenir des termes. L'*IMC*, l'impression d'être dans *la semoule*, une fois entré dans le brouillard et ce qu'Hervé avait entendu sur les bandes, auxquelles il avait eu accès, en tant qu'instructeur d'aéro-club à l'époque. Mon frère acquiesce : *oui, les boîtes noires qu'ont entendues les grands-parents*. Je corrige : *les bandes*. Hervé avait été formel, il n'y avait pas de boîte noire sur ce type d'avion léger. Il n'y en a toujours pas aujourd'hui d'ailleurs, c'est réservé aux avions de ligne. Il s'agissait des enregistrements de la tour de contrôle. Toutes les communications radio VHF sont automatiquement enregistrées. En cas de problème, les bandes sont mises de côté, sinon, ils réenregistrent par-dessus. Quelques minutes avant l'impact, le Jodel était entré en contact radio avec la tour de Lorient. Il a dû longer la côte après Quiberon. Le plafond devait être de plus en plus bas, et, arrivé au large de Lorient, le pilote a dû voir qu'il se trouvait à proximité de l'aérodrome de Lann-Bihoué. Il a demandé l'autorisation de se poser. La tour a refusé. *QGO*. Ça veut dire que l'aéroport était fermé, justement à cause de la crasse. Mais le pilote a dit qu'il était *court pétrole*. Hervé m'avait expliqué que c'était vraisemblablement une bonne idée qu'il avait eue pour que la tour accepte de les ramener à la station. Ça expliquerait que les journalistes aient parlé de panne d'essence. À partir de là, le contrôleur les a guidés au radiocompas. Il leur a donné des *QDM*, ce sont des caps magnétiques pour donner des directions au pilote ; du moins c'est ce que j'avais cru comprendre. Étienne écoute mon récit, qui livre une version différente de l'article. Il sent s'effilocher entre nos doigts le fil d'Ariane qu'on croyait suivre. Les informations qu'on pensait détenir se trouvaient réinterprétées. Il fallait progresser avec prudence. Tout était labile.

23

Ils entrent, emmurés dans leur douleur, tenace depuis ce matin d'hiver 76 qui dure. Plusieurs semaines ont passé depuis l'annonce de l'accident. Dans le couloir, ils n'entendent rien. Ils sont là, sur des chaises en Skaï décrépites. Elle et lui. Ils regardent le carrelage gris, mais ne sauront plus dire la couleur après. Ils ne se regardent pas. Le gendarme, derrière le bureau à l'entrée, raconte une blague à un collègue. Il a l'accent d'ici. De la Bretagne Sud. La voix d'un enfant, encore. Une porte s'ouvre et un homme en uniforme bleu marine les fait passer de l'autre côté.

Sur le bureau dans la pièce, un ReVox. La bande magnétique est prête, calée au bon endroit. Les deux bobines en aluminium en place. L'une presque vide, l'autre pleine. Le gendarme leur fait signe de s'asseoir. Une fois assis, la tête du gendarme disparaît derrière le magnétophone. Il va déclencher. Il dit peu, parce qu'il sait ce qu'ils vont entendre ; aucune parole ne pourra amortir l'onde sonore.

Ils ne devraient pas avoir accès à ce document de l'enquête, mais puisqu'ils connaissent l'adjudant-chef et qu'ils ont beaucoup insisté. Il demande s'ils sont prêts. L'homme répond *oui,* d'un signe de tête. La femme ne répond pas. Le gendarme cherche une nouvelle fois l'autorisation d'un regard. Il appuie sur *play*. Le tissu magnétique de la première bobine défile et s'enroule sur la seconde. Un bruit de fond emplit la pièce. Une voix émerge.

— Lorient de Juliet-Lima, bonjour, monsieur.

L'homme et la femme se penchent vers le ReVox. Concentration. Essayer de distinguer les voix, les mots parmi les parasites de la transmission radio VHF. Une voix qu'ils ne connaissent pas parle d'un banc de brume et demande des caps magnétiques. Des lettres qu'ils ne comprennent pas. *QDM.* Des nombres, 330, égrenés en chiffres isolés 3, 3, 0, puis 2, 5, 0 et 1, 2, 0.

La voix de l'opérateur radio pose des questions au pilote. Provenance ? Destination ? Autonomie ? Qualification vol aux instruments ? Négatif. Il essaye de comprendre la situation. Les échanges sont hachés. Les temps de réponse, distendus. On ne sait pas si c'est le signal qui passe mal ou les hommes qui cherchent comment faire. À la tour de contrôle, il ne le reçoit pas au radar. Il trace des caps sur sa carte, cherche l'avion. Essaye de trouver sa position pour le ramener. Le Jodel F-BSJL est à quelques kilomètres de l'aérodrome. L'homme et la femme ne se regardent pas. Tout entiers dans leur écoute. Le gendarme, en face, les scrute. Entre chaque communication radio, le silence, épais, inaccessible, tendu. Au bout de trois minutes, l'opérateur demande s'ils sont toujours en conditions VFR. Il dit *VFR* pour *Visual Flight Rules*. L'homme et la femme entendent *VFR* sans comprendre. Ils se penchent pour mieux entendre. *Affirmatif.* Bruits parasites. Le pilote ajoute, *actuellement nous rentrons dans bancs de brume*. Il redit la phrase de tout à l'heure. La voix à bord de l'avion se fait plus inquiète. Plus aiguë. Elle répète les mots, presse son interlocuteur. *Est-ce qu'il y a des obstacles ? Des obstacles ? Suis à 500 pieds. Je ne vois plus en dessous.* Les mots s'enchaînent. Le ventre des parents reçoit des piques.

L'opérateur continue de donner des directions. Il demande de monter à mille cinq cents pieds. L'homme et la femme imaginent l'avion qui s'engouffre dans la masse opaque d'où l'on ne ressort pas. Des chiffres, encore. Des caps. Le temps au ralenti. Huit minutes qui en semblent vingt. Les secondes, des minutes. Puis une autre voix intervient. Elle parle au contrôleur aérien. Un homme donne son indicatif et se signale sur la fréquence. *4543 en approche pour amorcer la descente.* Un autre avion. L'homme de la tour a reçu cinq sur cinq. Pendant ce temps, le Jodel s'enfonce dans le noir. Le pilote de Juliet-Lima reçoit mal, il demande à la tour de répéter. Puis les phrases du pilote se disloquent, à la mesure de l'angoisse : *affirmatif, mais je. Est-ce que.* La tour pose des questions à côté, sans comprendre. Va rappeler pour confirmer la météo. La *visi* est mauvaise. Toujours rien au radar.

La troisième voix parle de nouveau sur la fréquence pour autorisation descente. Clair pour la descente. Des chiffres. Des lettres encore. QFE. L'avion répète les chiffres et les lettres. Affichez A.42. Le corps des parents est en apnée, ils sont restés avec Juliet-Lima. La tour rappelle après l'échange avec l'avion de ligne. *Juliet-Lima, quelle est votre autonomie ?* La réponse est précipitée, inaudible. Les parents inclinent la tête vers le ReVox, le corps crispé. *Nous sommes en vrille.* Ils croient entendre ça. La phrase tord leur ventre. La tour n'a pas compris. Elle demande encore. La voix du pilote hurle : *Autonomie zéro.* Sur la bande, la voix sature. Ça distord le son. Grésillement du haut-parleur. *JL pour autonomie de nouveau ?* Ils entendent des phrases qui n'en sont plus. Le pilote a dit autre chose. La pulsation du cœur dans les tempes, les parents écoutent ; ils ne savent pas s'ils entendent la bande ou le cœur. Le bruit du moteur du tout petit avion de tourisme ronfle en bruit de fond. Des hurlements. Soudain, la voix de leur fils. Ils distinguent. Ils sont sûrs. Ça ne trompe pas leur cœur de parents. Même comme ça, ils comprennent. ... *se casse la gueule.* Plus vraiment une voix. Plutôt un cri. Ils entendent le silence qui suit. L'effroi dans leurs veines. Le crash dans leurs corps.

Ils n'entendent pas la suite, les appels de la tour. Le contrôleur demande au Jodel de répéter.

Ils n'entendent que le silence de Juliet-Lima qui ne répond plus.

Au bout d'un moment, l'avion de ligne répond à la place du Jodel. Le pilote a compris ce que la tour n'a pas entendu.

— 4543. Le p'tit avion vous dit qu'il est en vrille.

Le pilote de la Caravelle Air Inter ne dit plus rien d'autre que ces syllabes détachées, distinctes, définitives. La tour a reçu.

17 h 24. Alerte crash déclenchée. Plafond 100 mètres. Visi 500 mètres.

Fin de communication.

La femme s'est levée, courbée en deux, elle cherche la sortie pour aller vomir.

L'homme est resté sur la chaise.

Même la guerre, qu'il avait faite, ne l'avait pas laissé pour mort comme ça.

24

Internet et les mairies sont d'un secours louable : je retrouve l'homme de Quiberon dont Hervé avait parlé. L'oncle du pilote. Celui qu'ils étaient passés voir. Pas exactement lui. Monsieur André demeurait sous terre depuis un moment, mais son fils se souvenait très bien du jour où son cousin Daniel était venu boire le café chez eux. Une halte lors d'un vol. Il y avait un couple avec lui. À l'époque, il avait quinze ans. Ses parents les avaient raccompagnés à l'aérodrome. *Il faisait très beau.* C'est dans la soirée qu'ils avaient appris l'accident. Mais je posais beaucoup de questions, *au revoir, madame.* L'échange se conclut précipitamment et me reste sur le ventre tout l'après-midi. Quarante-cinq ans après, l'évocation du 4 janvier crée encore des remous. L'énergie qu'il avait déployée pour me faire comprendre qu'il n'y avait rien de spécial à savoir m'avait semblé désagréable avant de m'apparaître douteuse. Je suis incapable de me mettre au travail. Mon esprit bute. L'appel raccroché. Mon coup d'œil pour vérifier si j'ai bien du réseau. Le ton de sa voix. En boucle. Vers la fin d'après-midi, je ressasse encore, quand mon regard tombe sur l'horloge murale du salon. Dix-sept heures. J'ai complètement oublié d'aller chercher Léonie à la sortie de l'école. Quand j'arrive devant le portail vert, il est déjà fermé. Je fonce à la garderie périscolaire. En voyant Léonie, je m'accroupis et la serre contre moi. Elle s'extirpe, va récupérer son doudou qui traîne près d'une table dans la salle de jeux et revient pour me raconter que la maîtresse a attendu avec elle, tout à l'heure, à la sortie de classe. Elle me demande pourquoi je n'étais pas là. Je plonge mon regard dans ses grands yeux bleus.

— Je t'ai oubliée, pardon, ma Léonie.

— Oubliée. Hein ? Ou-bli-ée ?

Elle fait tourner le mot dans sa bouche, comme si elle en cherchait le sens et plisse le nez.

Le lendemain, tirée du lit par un rêve de piste goudronnée, je m'installe sur le canapé du salon avec un thé vert. Face à moi, la pelouse du jardin quitte progressivement sa couleur sombre. C'est l'heure bleue, moment indécis du matin mêlé de nuit encore. J'adore ce jour fébrile qui se creuse un chemin vers la lumière plus crue. Les volets des maisons alentour sont clos. Ni oiseau ni moteur pour le moment. Je repense à Hervé, au fils André et à une conversation avec Sarah, la veille au soir. Ma sœur ne comprend pas pourquoi je m'acharne à fouiller le passé. Toutes ces archives et ces commérages, qu'est-ce que ça peut bien me faire ? Sa véhémence me surprend. Quoi dire ? La voie d'eau ouverte dans mon corps, devant le marbre de la tombe ? La morsure, au fond du ventre ? La machine en route, dans mon cerveau ? L'impression confuse, qui bat aux tempes, que ce n'est pas seulement vers eux que je me dirige, mais vers moi ? Que ce puits dans lequel notre famille a jeté les mots pour en faire des pierres muettes est peut-être une source ? Notre source ?

Yann fait irruption à ce moment-là dans le salon, en clignant des yeux.

— T'es déjà debout ?

— Oui, mais va te recoucher, il est tôt.

— Tu veux pas venir ?

— J'ai besoin de réfléchir.

— Allez. Viens. Tu as toute la journée pour ça.

— Yann, j'ai besoin d'être seule.

— Encore ton enquête, il lâche, avant de tourner les talons.

C'est doux-amer. Le soutien qu'il m'a apporté jusque-là se fissure. Léonie lui a raconté mon oubli de la veille, c'est sûr. J'ajuste la capuche de la polaire sombre sur ma tête. Un code que je lui ai donné. Un rideau invisible que je tire. Comme le voyant rouge à l'entrée des studios d'enregistrement signale « *on air*, ne pas entrer ». Alice, indisponible, revenez plus tard. Ça agace Yann, mais j'ai besoin de faire tourner mentalement les éléments du puzzle. Le velouté de la laine polaire me fait une peau d'ours qui révèle tout de ma sauvagerie dans ces heures de ressassement. En partant, il dépose malgré tout un baiser dans mon cou. J'avale une gorgée de thé au jasmin, tiède et trop infusé.

Le samedi désamorce la déroute qui s'annonce. On part marcher à Locmariaquer. Yann et Léonie s'emmitouflent dans des doudounes. On laisse la 407 à la pointe de Kerpenhir et on longe la grève sous les pins. Le vent vient du large. Un vent d'hiver, déjà. Il strie l'océan de frisures blanches. Les rares joggeurs que l'on croise confirment que l'automne a fini de se retirer. La plage appartient désormais aux chiens et aux survêtements *flashy*. On reste un moment à chercher dans le sable une figurine de mouton en plastique que Léonie cache sous les coquillages ou les algues sèches. On la retrouve deux fois, puis plus du tout. Yann et moi, on passe du temps à réconforter Léonie et à imaginer une nouvelle vie pour son mouton, à l'air libre, sur la plage de Locmariaquer. Il s'endormirait bercé par le son des vagues. Il se réveillerait en voyant le soleil se lever sur la ligne d'eau à l'horizon. Les pattes dans le sable. On oublie de lui parler des marées montantes.

À mon retour, Étienne m'écrit qu'il a lancé une demande officielle auprès du Service historique de la Défense à Vincennes où sont stockées les archives de la gendarmerie. Le capitaine lui a précisé qu'il faut d'abord rechercher les archives de ce dossier et ensuite déposer une demande de dérogation pour les consulter, si elles existent. Avec la Covid-19, il ne faut pas compter sur une réponse rapide. Comme ailleurs, le service des archives tourne avec un minimum de personnel. Ça me donne quand même le courage d'appeler à nouveau les deux *Le Morvan* de Ploemeur pour retrouver la petite fille de la voiture. Les messages sur répondeurs sont restés sans réponse. Tenter le coup un samedi plutôt qu'en semaine. Un *Jacques Le Morvan* décroche. Au son de sa voix, un vieillard. Un oncle de l'Hélène que je recherche. Il finit par me livrer le numéro de sa nièce en me prévenant : *je ne vois pas ce qu'elle pourrait vous dire, c'était une gosse en ce temps-là, elle aura oublié.*

Plus tard dans la soirée, Léonie vient se blottir contre moi. Je sens qu'il faut rattraper le manque de temps accordé la semaine écoulée. On met *Magic in the Air* sur les enceintes du salon, volume à fond. On danse comme elle aime : mains en l'air, tours sur soi. Ensemble, on rit en tombant d'étourdissement sur le parquet.

25

Le dimanche matin, Étienne et moi, on appelle son parrain, en visio. Pierre-Alain est dans sa maison de campagne. On se donne des nouvelles. Mon frère et moi, on parle de nos filles. Paf se souvient de Léonie, à l'enterrement de notre grand-mère. Le nourrisson qui avait pleuré pendant la cérémonie. Il nous raconte sa retraite en Bourgogne, dans cette maison. Fuir son appartement en région parisienne dès que possible. 2020 lui a fait sauter le pas. Il est plus souvent ici que là-bas désormais. Le jardin est immense. Il ne s'ennuie pas. Deux ânes dans le champ en face. Il faudrait qu'on vienne le voir ici, un jour.

On n'a pas le souvenir d'avoir déjà parlé d'Olivier ensemble. Pas facile pour lui de l'évoquer, mais Paf veut bien le faire pour nous, ça lui paraît même important. Il s'étonne comme nous du silence qui a frappé toute cette histoire. Lui non plus n'en parlait jamais avec notre mère, qu'il ne voyait plus que rarement en dehors des occasions familiales : mariages, décès. Ils n'avaient pas besoin d'échanger pour savoir qu'ils partageaient la perte d'Olivier. La pudeur l'expliquait en partie, mais c'était un fait, ils ne l'avaient plus jamais évoqué.

Paf nous livre en vrac le goût de liberté *seventies* qui lui reste. Les soirées ciné avec Olivier et Gabrielle, leur trio des années lycée. La musique qu'ils aimaient. Pink Floyd, les Beatles, les Rolling Stones. Il fallait qu'il retrouve les cassettes audio qu'il avait eu besoin de graver après la mort d'Olivier sur le magnétocassette Radiola. Il se souvient de leurs tubes. Les variétés en particulier. Paf avait enregistré sur bande magnétique tous les titres qui levaient immédiatement en lui l'image du copain, de leurs fêtes, de leurs années partagées.

De l'accident, Paf est incapable de nous dire quoi que ce soit, sinon l'annonce reçue comme un choc dont il ressent, encore aujourd'hui, le magnétisme noir. Il y avait eu un avant et un après. Il rentrait de leur mariage. Personne ne pouvait imaginer ça. *Tu ne sais plus où tu es.* Quand il l'a appris, il était en train de faire des papiers pour son départ en Nouvelle-Zélande, prévu peu après. Sa mère l'avait appelé au consulat, elle savait qu'il devait s'y trouver ce matin-là. Paf nous révèle qu'il avait passé toute la semaine après le mariage auprès d'eux, en Bretagne, justement parce qu'il s'apprêtait à partir vivre à l'étranger. Le samedi, veille de l'accident, il était rentré à Paris, rejoindre sa copine de l'époque. Il répète plusieurs fois le mot *accident*, il est incapable de prononcer le mot *avion*. Il se concentre plutôt sur les souvenirs heureux, parce que c'était ça, Olivier. Un sacré loulou au grand cœur qui exerce, encore aujourd'hui, son aura tapageuse sur ceux qui l'évoquent. Olivier *était* la joie de vivre, l'optimisme inconditionnel et la liberté. Un emblème *seventies*. Le fonceur jovial, comme le décriront d'autres, avait imprimé sa marque, à vie, sur ceux qui l'avaient connu. Les escapades les plus folles étaient souvent des équipées sauvages à bord de toutes les bagnoles de l'époque. Personne n'aurait cru qu'il se tuerait en avion, mais tout le monde avait pensé qu'un jour la route lui serait fatale. Olivier conduisait comme un fou. Il tenait ça de son père, qui aimait les voitures ; la raison et la mesure en moins. Comme son père était concessionnaire, Olivier avait commencé, à peu près dans ces années-là, à convoyer des *Citroën SM*. La berline de Pompidou. Moteur Maserati. Fallait le voir avec son allure de gamin au volant de la limousine de luxe. Puis, il y avait eu le voyage en Yougoslavie, avec toute une bande. Ils étaient partis à deux bagnoles. Olivier, au volant de la première, avait semé la seconde. Les sacs de couchage étaient dans le coffre du deuxième véhicule. Ils s'étaient tous retrouvés à la frontière yougoslave au bout de deux jours. Une traversée de la France en 4L bleue à la plus vive allure jusqu'au Club Med de Cadaqués, en Espagne, où Olivier avait rencontré Yvonne. Pierre-Alain était encore de ce coup-là et de beaucoup d'autres. L'ami indéfectible avait fait équipe lors d'une tentative pour rejoindre Vienne depuis Chambéry, en auto-stop. Paf nous raconte, hilare, des vacances de Pâques au printemps 69. Olivier s'était mis en tête de profiter de la semaine de révision avant le bac pour aller retrouver une copine autrichienne, rencontrée l'été précédent, en séjour linguistique. La distance ne lui faisait pas peur, l'absence de permis non plus. Qu'à cela ne tienne, ils iraient en auto-stop ! Olivier osait tout, Paf suivait. Il avait été le compagnon de route de ce périple et Gabrielle, l'alibi. Elle devait les couvrir si les parents appelaient. Ils seraient officiellement en période de révision, chez elle, à la campagne. Le pouvoir de persuasion d'Olivier était tel que, même lorsqu'il avait réclamé à sa mère de lui repasser un pantalon rose moulant évasé aux mollets, pour l'occasion, il n'avait pas éveillé les soupçons. Ma grand-mère s'était simplement étonnée de cette velléité d'élégance pour bachoter. Et ils avaient pris le large avec le pantalon rose et le pouce en l'air. Bien sûr, ils n'avaient jamais atteint Vienne. Bien sûr, l'anecdote était restée dans toutes les mémoires.

Étienne et moi, on rit sans modération aux récits de Paf. Notre oncle inconnu, ce pitre adorable, parvient à nous divertir depuis l'au-delà.

Étienne finit par poser la question. Non, d'après lui, Yvonne n'était pas enceinte. Le mariage n'avait pas non plus été précipité. Le 27 décembre. Il ne sait plus trop. Mais quand notre oncle avait une idée en tête, il fallait que ce soit tout de suite. Alors, s'il avait décidé de se marier, il n'aurait pas attendu l'été. Ça ne lui dit rien d'autre. On cherche à replacer dans le temps la rencontre entre Olivier et Yvonne à Cadaqués. Mais là, franchement, c'est trop lui demander. Il ne saurait pas dire si c'était l'été 75 ou l'été 74. Peut-être le printemps 73 ? C'est vieux tout ça.

Une fois la conversation avec Pierre-Alain terminée, Étienne suggère d'appeler aussitôt Gabrielle. Elle aussi demeure une figure des événements familiaux. Par une sorte de fidélité muette à l'ami perdu, elle a continué à se manifester auprès de notre mère. C'est la seule amie de longue date qu'on lui connaisse, d'ailleurs. La seule figure de son passé à émerger. Gaby. Elles se sont rapprochées après l'accident. Elles se revoyaient tous les étés, jusqu'à la mort de mes grands-parents, lorsque Sylvie, notre mère, venait les voir, en Savoie, où Gaby était revenue vivre juste après son divorce. C'est là qu'elle avait passé son enfance. C'est là qu'elle avait connu Olivier, au lycée, à Chambéry. Trois années dans la même classe, une des seules classes mixtes de ce lycée de filles, jusqu'au bac B, décroché à l'arraché, pour tous les trois.

Ça la remue de nous parler d'Olivier. Gabrielle nous raconte qu'il était parti en Bretagne pour se rapprocher d'Yvonne. Son premier boulot, chez un négociant en bois. Commercial. Il découvrait cette région qu'il sillonnait la semaine. Elle insiste sur le heurt des milieux sociaux entre les deux familles. Olivier, c'était l'éducation *sixties* avec une liberté d'avance, puisée dans une enfance passée à l'étranger. Il avait vécu plusieurs années à Douala, ça l'avait beaucoup marqué. Là-bas, les écoles étaient mixtes bien avant qu'elles ne le soient en France. L'école était réservée aux heures fraîches du matin. Les après-midi écrasés de soleil se passaient au bord de la mer, sous les cocotiers. Yvonne avait grandi au bord d'un autre océan. Un bout de côte bretonne qui sentait la langouste.

Gabrielle remâche le rejet des parents d'Olivier à l'égard d'Yvonne. Lorsque leur fils était venu en Savoie pour la présenter, un peu avant le mariage, nos grands-parents avaient refusé qu'elle dorme chez eux. Gabrielle s'en souvient bien, cette nuit-là, c'est elle qui avait dû recueillir la fiancée à l'amour-propre blessé et le fils frondeur. Étienne et moi, on imagine sans peine leur intransigeance. On en est mal à l'aise. On s'efforce d'imaginer le contexte de la France de ces années-là. Même si 68 était passé par là, tout n'avait pas volé en éclats du jour au lendemain. Les grands-parents avaient sans doute prévu mieux pour leur fils, et n'avaient pas manqué de le faire sentir. Puis le refus s'était fondu en acceptation devant l'opiniâtreté du fils qui menaçait de couper définitivement les ponts entre la Bretagne et la Savoie. C'était plus qu'il n'en fallait pour adoucir le cœur des parents. Ils avaient accepté le mariage et participé aux préparatifs. L'insistance de Gabrielle sur cette part d'ombre de nos grands-parents nous éclaire rétrospectivement. Elle nous rend plus compréhensible l'absence de liens avec la famille d'Yvonne après le drame. Elle nous donne à relire, a posteriori, ce qu'avait dû être le chagrin de nos grands-parents : le deuil d'une mort abrupte doublé de la culpabilité d'une fâcherie la précédant de peu. Ils avaient dû s'en vouloir d'avoir été si durs. Ils avaient dû regretter de ne pas avoir pu lui dire qu'ils l'aimaient comme il était, leur fils, qu'il pouvait choisir qui il voulait pour femme, que ça ne changeait rien à leur amour. La mort s'accompagne toujours de regrets. Tout était pardonné. Il était mort. Et elle avec lui. Ils avaient fait le choix de laisser leur fils en Bretagne, dans la tombe qui les réunissait, à plus de neuf cents kilomètres de chez eux. Une union définitive à laquelle ils n'avaient plus opposé aucune résistance. La mort met tout le monde d'accord.

Gabrielle finit par nous mettre sur une piste insoupçonnée. Le mariage avait eu lieu un samedi de fin décembre, elle s'en souvient, c'était les vacances de Noël. Ensuite, elle était allée passer quelques jours chez ses beaux-parents, pour le nouvel an. Le dimanche 4 janvier 1976 en soirée, elle rentrait en voiture avec son mari à Dijon, où ils vivaient à l'époque. Elle se rappelle avec précision avoir entendu aux informations sur l'autoradio – mais sur quelle station ? – l'annonce d'un petit avion tombé sur une ferme dans le Morbihan. Elle avait même dit à son mari qui était au volant : *c'est affreux, cette histoire*. Pas un instant elle n'avait imaginé que ça puisse être Olivier. Le lendemain, elle était incapable d'y croire. Gabrielle avait toujours fait partie de ceux qui pensaient que, s'il arrivait quelque chose à Olivier, ce serait sur la route. *La vie à pleines dents,* c'était lui, et surtout en voiture. Elle se voit revenant au Guilvinec, une semaine après la fête du mariage : train couchette et sidération non colmatée. Elle s'excuse d'être à ce point émue ; quand même, elle aura été marquée à vie par les avions.

On laisse Gabrielle à une mélancolie sourde. Étienne et moi, on se remémore son second mari, qu'on a connu dans les années 1990-2000, quand on se rendait en Savoie, l'été. Elle était fière d'avoir refait sa vie avec ce type qui faisait Paris-New York en trois heures, plus vite que le son. On a été sidérés à notre tour quand on a vu les images à la télé, un jour de la fin juillet 2000. Et on n'a pas voulu croire non plus que c'était bien le mari de Gabrielle, le copilote, le jour où le Concorde s'est écrasé sur un hôtel à Gonesse. Le ciel se refermait une deuxième fois sur un homme qu'elle aimait.

L'après-midi, je cherche en vain sur le site de l'INA. L'accès grand public ne livre rien ; je note sur un carnet le numéro de téléphone pour demander une accréditation professionnelle. Avec mon métier, je ne devrais avoir aucun mal à obtenir le sésame pour accéder au reste des archives radiophoniques et télévisées numérisées.

Ni Paf ni Gabrielle n'ont gardé contact avec l'autre témoin du mariage. Ils ne connaissent pas non plus son nom de femme mariée. Nicole Kerdual reste introuvable. En fermant les volets du salon à la tombée de la nuit, je vois l'olivier de la terrasse. Un ami m'a offert cet arbre à la naissance de Léonie. C'est la première fois que je fais le rapprochement entre le nom de l'arbre et celui de l'oncle. J'éteins la lumière en pensant qu'il est temps de parler à mon père.

26

— Alors, vieille branche ? T'es prêt ?

Olivier se tient face à Paf, dans le matin de la porte d'Orléans. Lunettes de soleil aviateur débordant sur les joues, cheveux longs sous les oreilles, sourire ravageur, manteau frangé en daim marron, chaussures rouges. C'est juin, les cours viennent de finir à l'École des cadres de Paris et déjà le dernier été. Après, il faudra trouver un job et se *ranger*. Ils viennent d'avoir les vingt et un ans tant attendus et comptent bien en profiter. Olivier ouvre la portière et lui fait signe de monter. Il met sa valise à l'arrière. Paf considère la 4L bleu pâle.

— C'est quoi cette caisse ?

Sourire d'Olivier.

— Je circulais l'autre jour, un œil sur la route, un œil sur les jupes des mignonnes sur le trottoir, et voilà que j'entends un grand boum ! Je venais de me payer une DS. À l'arrêt, sans feu de stop, ni rien. Heureusement, j'avais ma ceinture, sinon je me serais retrouvé sur les genoux du conducteur de la bagnole ou sur ceux de sa femme. D'ailleurs, elle a commencé à m'engueuler, la bonne femme ! Tu y crois à ça ? Je lui ai dit de remonter dans son tas de ferraille et j'ai rédigé un constat. Ma caisse est au garage, j'ai récupéré cette 4L en attendant. Elle est gentille, ma *dernière maîtresse* !

— *Elle est terrible,* répond Paf en reprenant l'air de la chanson de Johnny et ils éclatent de rire.

— Allez, c'est parti, mon kiki.

Olivier appuie sur l'accélérateur.

— À nous l'Espagne ! À nous les nanas ! Go go go les *GO* ! Au fait, t'as bien pensé à prendre ton *Yves-Louis Pinaud,* mon vieux ? Tu pourrais en avoir besoin pour les cours de voile !

L'an passé, Paf était parti seul au Club Med de Korba, en Tunisie. Il avait eu un plan pour partir comme GO. L'ambiance était franchement bonne, c'était pas si mal payé, et il y avait plein de filles à draguer. Il avait proposé à Olivier de partir avec lui l'été suivant. À Pâques, Olivier s'était débrouillé pour faire un stage de voile. Il était rentré chez les parents. Le lac du Bourget, ça irait bien. L'important c'était d'obtenir un bout de papier qui ressemble à un diplôme pour être moniteur. Personne ne saurait qu'il n'y a jamais de vent sur le lac du Bourget. Pour le reste, il avait compté sur son talent de baratineur pour décrocher le job. Début mai, il avait écrit une lettre à Paf : *Tout est réglé, je pars avec toi à Cadaqués.*

Les portes de Paris sont déjà loin ; ils s'engouffrent à toute vitesse sur la nationale 20. Plein sud. Olivier allume l'autoradio. Philips 685. Celui avec les deux boutons ronds, l'aiguille jaune qui défile sur la bande FM et le compartiment cassette. Olivier a pensé à en prendre un stock. Il monte le volume sur le premier accord de guitare. *Get Back*. Leur *Get Back*. Olivier et Paf battent la mesure en hochant la tête. Leurs chevelures dansent. Et la 4L file vers l'Arizona. Ils chantent le refrain en se regardant. Larges sourires. La voilà, la grande liberté de l'été.

— Mais alors, raconte un peu comment tu as eu le job ? GO mono de voile, alors que t'as juste fait de l'optimiste à Saint-Aygulf, c'est pas mal quand même. T'es allé voir Marcelline au Club comme je t'avais dit ?

— Oui, *Papa* ! Tu vois, je t'écoute.

Olivier sourit dans le rétroviseur et ajuste le volume sonore.

— Allez, accouche !

— Je suis allé au Club à Paris, j'ai vu ladite Marcelline. Elle m'a demandé mes références. Là, j'ai d'abord bégayé deux-trois âneries, puis j'ai eu la présence d'esprit de baisser ma braguette : « C'est pas des références pour le Club, ça » !

Le rire de Paf sur le siège. Le rire du copain qui applaudit à toutes les blagues, même les plus lourdes.

— Après, la Marcelline, il lui a bien fallu cinq minutes pour récupérer. Et puis, elle a dit : *qu'est-ce que vous voulez comme village ? Tahiti, Acapulco ou la Martinique ?* J'ai dit non, hélas ! Je lui ai expliqué que je ne pouvais pas te laisser seul à Cadaqués, que je devais te surveiller pour que tu ne fasses pas trop de bêtises. Banco, j'avais mon contrat de GO pour Cadaqués ! Elle est pas belle, la vie ?

Ils ont leurs maillots de bain, ils ont leur *Pratique de la voile* d'Yves-Louis Pinaud, ils ont leur jeunesse. Elle est belle la vie, au son des Beatles. Derrière les Pyrénées, Cadaqués les attend, au bord de la Méditerranée.

D'ici à environ dix-huit heures, peut-être moins s'ils continuent à cette allure, ils y seront. Ils dormiront sur la route, à même les sièges. Ils filent vers le soleil. Sur l'autoradio, la cassette s'achève. Ça bascule sur la bande FM. Le flash information. La grève du lait des paysans bretons. Au village, ils seraient loin de tout ça. Ils ne seraient ni vraiment à l'hôtel, ni vraiment dans une colonie de vacances. Mais un peu de tout ça à la fois. Les villages du trident ont cette chose indéfinissable qui fait qu'on sent tout de suite à l'arrivée qu'on est au Club et pas ailleurs. On rirait beaucoup. On se retrouverait à huit par table. On rencontrerait de nouvelles têtes. On se dirait tout de suite *tu*. Et on n'en aurait rien à faire de qui on est hors du Club, ni de savoir si les parents sont médecins ou avocats. On dormirait dans des bungalows. On se laisserait vivre un peu. Et le soleil tannerait les corps. Accessoirement, on donnerait quelques cours de voile, pour gagner des points d'avance auprès des filles. Par ici les GM.

Olivier a tourné la cassette. L'accord de guitare strident suivi d'un bref suspens, ils le reconnaissent. John Lennon et George Harrison signent l'intro. *A Hard Day's Night.* Olivier commence à battre la mesure d'une main sur le volant.

Pierre-Alain claque des doigts. Leurs voix se superposent à celles du haut-parleur.

— Par contre, mon vieux, va falloir que tu bosses, hein !

Paf l'interroge d'un regard. Il a vu l'air de connerie d'Olivier.

— Côté filles, faut reconnaître que t'as pas la baraka en ce moment, non ? T'as un peu perdu la main, je crois.

Paf se défend. Y a quand même eu Françoise cet hiver.

— Françoise ? *Come on !* C'est fini depuis deux mois ! Non, tu patines dans la choucroute, là. Crois-moi, faut te refaire. Sinon tu vas bientôt avoir la troisième jambe aussi molle que les deux autres. Et justement, je te propose de te faire profiter de mon expérience.

Paf sait qu'il n'a plus qu'à écouter Olivier dérouler sa fameuse leçon de drague.

— Bon alors, *primo* : tu mates. Tu repères une gonz', OK ? *Secundo*, tu baratines la fille tant que tu peux. *Tertio*, dès que tu sens que c'est mûr, tu la ramènes dans ton plumard, et hop, *glissous glissous*. *Capiche ?*

Paf acquiesce en rythme sur la musique. Il hoche la tête dans tous les sens sur le chorus guitare-piano qui suit. Les Beatles se partagent l'habitacle avec Pierre-Alain, qui se tient le ventre en tressautant. C'est devenu un rire presque nerveux.

— Non mais déconne pas. Je compte sur toi pour te rattraper ! Ou alors, l'autre option, c'est que j'essaye toutes les nanas du village avant, pour te dire lesquelles *vont bien*.

Olivier bat de nouveau le tempo et s'interrompt.

— Il est quelle heure ? Je dois trouver une cabine, il

faut que je bigophone Annie. T'as de la monnaie sur toi ? À cette heure, elle doit être rentrée chez elle.

Annie ne les rejoindrait pas à Cadaqués. Olivier ne chercherait même pas à la revoir au retour. Il ne penserait plus qu'à Yvonne, la Bretonne rencontrée au Club.

27

Là. Elle est là. À l'heure convenue. Sur le boulevard de l'Océan, à Ploemeur. Devant le bar Les Tamaris. Une main à l'épaule, sur la bandoulière de son sac. C'est elle. C'est Hélène. Hélène Le Morvan. La petite fille de la voiture. Une femme maintenant. Elle existe. Là. À quelques mètres de moi. C'est donc son visage. Ce sont ses yeux. Ceux qui ont vu. Mains moites au fond des poches de mon anorak. Sensation de ventre creux. Je la scrute à mesure que je m'approche d'elle. Grande. Brune. Cheveux tirés en arrière. Et à dix ans ? Elle m'adresse un signe quand j'arrive à sa hauteur. *C'est vous, Alice ?*

Le bar est en travaux. Hélène me propose de suivre le chemin côtier. Elle aimerait ça, marcher un peu. À l'agence, elle passe ses journées enfermée. Un bureau d'études des sols, à l'entrée de Lorient, près du pont des Indes. On traverse la route. Je l'écoute parler, comme une enfant écouterait un personnage de dessin animé jailli de l'écran du téléviseur. Sa voix me happe. Un charme qui opère tout de suite. Des médiums rassurants. Des aigus cassés par les années. Comme une cachette où se blottir.

Elle me montre le Fort-Bloqué. Au-delà du sable, des remparts de granit gris cernent des bâtiments de pierre, mangés par les eaux de la marée montante. Ça sent la vase. Hélène se retourne. La rue qui commence derrière la biscuiterie : c'est là qu'elle a grandi. Avec son père. Sa mère est morte quand elle était toute petite. Maintenant elle vit de l'autre côté de la ville, mais elle aime revenir ici. Tous les morceaux de l'enfant qu'elle a été se trouvent sur cette plage, à l'ombre de la forteresse.

Hélène m'observe. Je sens ça. Elle m'observe et sourit. Je me concentre sur le son de nos pas sur le chemin. J'attends sa voix. Ses mots. Un récit de l'accident. Je guette. À l'affût. J'ai l'impression qu'elle cherche comment se lancer. Après un moment, elle tend le bras sur notre droite, vers le boulevard. C'est cette route-là qu'ils ont prise pour rentrer, le soir de l'accident du petit avion. Là-bas c'est Guidel et le hameau de Traoudec. Elle prend une inspiration ; je retiens la mienne.

— Je me souviens de tout. Le lieu. Les sensations. La musique que j'écoutais. Chaque détail. Après, les gens sont venus me voir. Les jours suivants. J'étais l'unique témoin. En même temps, je n'ai rien vu. Il faisait presque nuit. Le brouillard aussi. Et puis j'étais petite. Je n'ai pas réalisé. Vous avez dit 76, c'est ça ?

— Dimanche 4 janvier 1976, oui. Vers 17 h 20.

— J'avais dix ans. Pile. Je suis de septembre.

Hélène est l'inverse du portrait que m'en a fait son oncle au téléphone : une femme douce aux souvenirs intacts.

— C'est drôle, je ne raconte jamais cette histoire. À personne. Ça fait tellement longtemps. Avec mon père, on n'en parlait pas. Voir les corps, ça l'avait choqué, je crois. Mais j'y repense, parfois. Oui, je pense à ces gens, dans l'avion. C'est vrai que j'y pense. Alors ils étaient de votre famille ?

Le ciel de fin d'après-midi s'assombrit. Sur le boulevard, les voitures commencent à allumer leurs feux. On s'installe sur un banc de bois dans un renfoncement que dessine le sentier. Hélène se tourne vers moi.

— C'est bien ce que vous faites, Alice. On devrait toujours laisser les morts entrer dans nos vies. Je regrette de ne pas avoir su faire ça.

De la poche de mon blouson, je tire mon téléphone.

— On peut l'écouter ensemble ? Je ne la connais pas.

Elle comprend tout de suite.

— Ça fait une éternité que je ne l'ai pas entendue.

Je trouve la chanson sur YouTube et je monte le volume. Les violons qui sautillent. La voix traînante de Sylvie Vartan. *Tout comme ces clous d'or qu'on voit dans le ciel, quand le jour se meurt.* Hélène me regarde et ajoute avant de se taire :

— Vous savez, pour les scientifiques, un *clou d'or* définit la limite entre deux strates de temps. C'est un point de rupture géologique inscrit dans le sol. Une ligne de faille.

Je ne sais pas quoi répondre. Dans ma tête, la vrille du

temps. Le bleu du ciel dégueule dans l'océan. La nuit s'installe. *Tout comme ces clous d'or qu'on voit dans le ciel, tu es dans mon cœur.* On écoute en regardant le large. En regardant à l'intérieur de nous. Elle et moi, côte à côte sur le banc de bois, devenu banquette. Hélène et Alice. Hélène. Cinquante-cinq ans. Dix ans. L'autoradio rallumé. La banquette en Skaï. Les clous d'or dans le cœur. Le manteau rose. L'attente. La peur. Le froid. Fantôme de la gamine de la voiture. Fantôme de la Simca 1000. Fantôme de la Super 5 de ma mère. Alice. Trente-cinq ans. Ou bien dix. Fantôme de moi, petite, à l'arrière, après avoir montré du doigt le portrait de l'homme au chien. Fantôme des souliers en nubuck bleu. Fantôme de nos corps de petites filles. Fantôme de nos voix. Fantôme de nos questions. Fantôme du temps. Fantôme de nos fantômes.

28

La photo, à l'entrée de la maison d'enfance, continue de me hanter. Quand j'en franchis le seuil, je ne peux m'empêcher d'y vérifier son absence. Le mur a été repeint blanc depuis longtemps, rien ne laisse deviner les fleurs de la tapisserie du passé. Mon père sait de quoi je viens lui parler. J'ai fini par prendre rendez-vous.

Je dispose devant lui les photocopies des coupures de presse de l'époque. Toutes datées des 5 et 6 janvier 1976. Deux retrouvées par *Ouest-France – édition Morbihan*, trois autres du *Télégramme*, réapparues grâce aux archives départementales du Finistère, et celle de *La Liberté du Morbihan*, fin papier jauni, soigneusement plié en quatre, conservé par une des sœurs de Thérèse Le Guen, rencontrée quelques jours auparavant. J'ignorais l'existence même de ce journal avant d'avoir cette archive sous les yeux. Transport méticuleux jusqu'au Copie Service. Aller-retour de la lumière qui duplique, pour me livrer, en deux parties, la grande page de journal. *Je vous rends votre trésor,* la femme de la boutique avait ressorti la relique de la machine.

Tous les articles de journaux sont là, sur la table ronde du salon, face au jardin qui a pris ses allures d'hiver. C'est le même que celui que j'ai toujours connu, enfant, mais ses proportions ont changé. La nature me signale que les années ont passé. Le thuya qui faisait notre rond-point, pour les tours à vélo, est devenu démesurément touffu. Il a grappillé l'herbe autour et ne se laisse plus contourner. Plus rien ne m'est familier. Disparus, la balançoire jaune et le rosier fuchsia qui la bordait.

À côté de moi, mon père lit les articles comme s'il les découvrait. J'ai du mal à le croire. Il marmonne en laissant échapper distinctement certains mots. *Panne d'essence,* tiens, *décollé à 16 h 50 pour son malheur, la visibilité n'était que de trois cents pieds.*

— C'est accablant de connerie. Ils ont fait n'importe quoi.

— Mais tu ne connaissais pas ces articles ?

— Non.

Il bute sur le nom du lieu-dit *Traoudec*. Il n'a pas l'air de l'avoir déjà entendu. Dans l'un des articles, il est question de l'endroit où résidaient les jeunes mariés. Je lui parle du cadre photo qui se trouvait là, au mur. Il se souvient très bien. Le pull rouge sous le ciel bleu, l'homme au chien. Le cliché était pris devant leur maison, à Loctudy, oui.

— Mais tu sais, on ne connaissait pas chez eux, on n'y est jamais allés avec ta mère. Olivier travaillait comme commercial pour… Je ne sais plus quelle entreprise. La semaine, il était sur les routes, dans toute la Bretagne, il passait quelquefois nous voir ici ; le week-end, il rentrait retrouver Yvonne.

— Mais vous ne viviez pas à Poitiers à cette époque-là ? Vous n'étiez pas encore ici, à Nantes ?

Il me regarde et tente de trouver lui-même une explication plausible. J'ai la certitude que mon frère Étienne est né à Poitiers, en 77.

— Oui. Alors non, il ne venait pas.

Sa mémoire fabrique des souvenirs comme elle peut, à toute allure, sans se soucier du réel, comme on déposerait à la hâte les rails d'un circuit devant le petit train lancé à vive allure. À partir de bribes, elle crée des liens. Cette enquête me confronte à ça. Ceux qui acceptent de me parler me livrent leurs réminiscences. Mais ce sont des pierres instables, qui émergent à la surface de sables mouvants. Dès que j'essaye d'y prendre appui, je découvre combien tout cela est glissant. Aucun souvenir ne sera jamais du réel enregistré. Tout y sera toujours *vrai,* sans intention de mentir ou dissimuler, mais la falsification de l'histoire aura déjà eu lieu. Je ne peux que confronter des mémoires réécrites et éparses. Lacunaires.

La mémoire de mon père semble la plus défaillante. J'ai eu du mal à oser lui demander cet entretien. Il était le plus proche de ma mère. Il avait forcément vécu tout cela de près. Le drame avait laissé une entaille indélébile dans sa vie, celle de sa femme, celle de leur couple. Olivier était aussi un ami pour lui. Les étés tapageurs de la Côte d'Azur.

L'adolescence, plage et fêtes. Les soirées avec la bande des frères Bernier et le duo Olivier-Sylvie.

Quand il relève la tête des articles, il a blêmi.

— Eh ben dis donc. Je ne me souvenais pas de tout ça.

Je reprends, avec une voix que je cherche à faire douce.

— Mais raconte-moi alors, toi ? Comment tu l'as appris ? L'annonce de l'accident, vous étiez où avec Maman ?

— Ben, on l'a appris par le téléphone, le soir. Je crois. Je ne sais plus.

Sa voix est devenue blanche. Moins timbrée. Je vois dans ses yeux qu'il cherche. Je sens que son effort se heurte à une mémoire réinitialisée à l'endroit du 4 janvier 1976.

— Pourtant Manou et Grand-père ont dit que vous n'aviez pas le téléphone à cette époque, à Poitiers. Ils ont roulé toute la nuit, et au petit matin, ils ont dû glisser un mot sous votre porte. Ça ne te dit rien ?

— Pourquoi tu dis ça ?

Je récite ce que Laurence m'a confié. Le témoignage des grands-parents.

Il n'y a rien à cette date, dans la mémoire de mon père. Un crash de disque dur interne à la case du début de l'année 76. Je n'arrive pas à comprendre qu'il n'ait pas gardé l'image. De sa femme qui a dû crier. Des bras serrés fort autour des corps. Des larmes. Du monde qui continue, du radiateur qui glougloute comme d'habitude pendant que tout s'effondre à l'intérieur.

J'essaye de justifier mes questions :

— Tu sais, l'annonce de la mort de Léo ; j'ai tous les détails de l'instant en mémoire. Le train qui continue de filer. Le réseau téléphonique qui lâche. Les rappels. Les sonneries interminables. Le téléphone qui coupe chaque fois que mon amie Aline, en larmes, à l'autre bout, essaye de déplier : *c'est Léo.*

— Non, je ne sais pas, je te dis. On a dû aller avec tes grands-parents là-bas, pour l'enterrement. Je me souviens qu'on venait à peine de rentrer du mariage, qui avait eu lieu au moment de Noël. Le lendemain, on a appris l'accident.

— Pourquoi tu dis : *le lendemain* ? Vous étiez restés là-bas après le mariage ?

— Non, mais ils sont morts tout de suite après. Le lendemain ou surlendemain, je crois.

— C'était huit jours après : sur la tombe, c'est gravé *4 janvier.*

— Ah, c'était le 4 janvier ?

Il me regarde et continue de fouiller sa mémoire. Il a l'air perdu.

— C'est le trou noir, Alice. Je ne sais plus rien. J'ai beau chercher. Je ne me souviens de rien. Et puis, tu sais, on n'en parlait jamais avec ta mère. C'était tabou.

Il rend les armes. J'abandonne la partie, moi aussi. J'essaye de l'interroger sur une autre période de la vie d'Olivier.

— Tu l'as bien connu, le frère de Maman ?

— Oui, Olivier, c'était un copain. Il était très sympa. Très joyeux. Un peu pousse-au-crime, quand même. On l'a bien connu, surtout à Saint-Aygulf. Je l'ai rencontré un été, j'avais quinze ans, lui devait en avoir treize. Nous, on allait en vacances, deux mois, l'été, dans cette villa qui dominait la plage. Elle appartenait à ma grand-mère. Ta mère et

Olivier, eux, ils avaient une maison plus au cœur de la ville. Tes grands-parents maternels l'avaient fait construire dans ces années-là, ça devait être en 62 ou 63. Ils vivaient au Cameroun à l'époque, ils rentraient pour les grandes vacances. Ils sont revenus tous les étés qui ont suivi.

Je retiens cette expression étrange : *pousse-au-crime.* Il doit bien y avoir des photos de la maison de vacances de sa grand-mère quelque part. Je ne la connais pas ? Il va me retrouver ça.

On quitte les articles photocopiés pour des Kodak argentiques. Il ouvre le coffre de bois, sous l'escalier. Pendant qu'il cherche les photos de ses étés de soleil méditerranéen, j'en profite pour chercher celles d'un hiver breton, année 75. S'il existe encore des clichés d'Olivier et Yvonne, c'est ici. Dans les boîtes à chaussures, les pochettes sont rangées. 79, 80, 81. Deux enfants blonds et joufflus, mes frères. Où est-ce que c'est pris, ça ? Il rit en voyant une photo de lui, debout sur une luge, avec des Moon Boot brunes à poils longs.

— Tiens, et celle-ci encore. C'est notre mariage.

— Elle était belle, Maman.

— Magnifique… Magnifique…

Il répète comme pour lui. Il détache les syllabes. Le son de sa voix n'est pas au commentaire apaisé sur le passé. C'est vif, une blessure ouverte, une séparation qui ne passe pas. Je sens le pouvoir qu'ont ces photos sur mon père. Une remontée douloureuse. Ça reflue. Des souvenirs qui se fracassent sur des regrets.

Je survole des boîtes de photos. Des bonheurs simples, classés par date, au stylo Bic sur des pochettes. Des enfants qu'on voit grandir, auxquels s'ajoutent deux nouveaux bébés : moi, puis ma sœur. Je suis à la recherche de l'étui photo qui m'en dirait plus sur ceux qui me passionnent depuis plusieurs mois déjà. Olivier et Yvonne. Des clichés qui me livreraient leurs traits précis. Qui les sortiraient du flou.

Sur l'une des pochettes est inscrit : *mariage O & Y, 75*. Les suivantes concernent le même événement. Une série photo couleurs de la cérémonie civile, puis religieuse. Une autre, noir et blanc, sur le parvis de l'église, sortie de messe. Des coiffes bigoudènes qui trouent le noir du pavé. Des gens, que je n'identifie pas d'abord. D'autres, familiers, nettement rajeunis. Gilles, Yves et tous les frères de mon père. Mes quatre grands-parents, Pierre-Alain et Gabrielle, les amis de toujours, que je reconnais malgré l'allure *seventies*. Je découvre, pour la première fois, le visage de ceux que j'imagine être les parents d'Yvonne. Elle, coiffe blanche. Lui, casquette de marin foncée, veste sur pull au col ras du cou. Les visages d'Olivier et Yvonne eux-mêmes se ravivent enfin pour sortir de l'oubli. Une dernière série, la soirée au manoir, que j'identifierai plus tard. Une pièce montée. Des gens qui dansent. Des sourires alcoolisés. Une fête de 1975. Un enfant, nœud pap et veste blanche, colle un baiser éternité sur la joue de la mariée.

Dans le coffre, je fouille encore d'autres boîtes. À l'intérieur de l'une d'elles, une enveloppe kraft à l'adresse rayée. Ma main en ressort des morceaux, papier journal, découpés soigneusement. Je reconnais immédiatement les originaux de certaines de mes photocopies, encore étalées sur la table du salon. Je regarde mon père.

— Ça alors.

Il a l'air sincère. Je repense à l'aide qu'il m'a proposée, au téléphone, quand je l'ai appelé pour venir. Je voulais me renseigner sur Olivier et Yvonne, mais aussi sur leur accident. Il m'avait dit qu'il existait des articles de presse. À l'époque, ça avait fait beaucoup de bruit. Si je voulais, il pourrait m'aider pour écrire aux archives et les retrouver. C'était déjà fait.

Des articles qu'il avait toujours gardés, sans le savoir, et sans doute par erreur. Ma mère avait dû les oublier au moment de leur séparation. Savait-elle seulement que ce coffre les recelait ? Les sables mouvants recrachaient l'enveloppe dans un hoquet. Parmi la dizaine d'articles, j'en découvre deux issus de l'édition *Ouest-France* du Finistère. Ils reprennent en partie la teneur de l'édition du Morbihan, et y ajoutent des précisions sur les victimes locales, le pilote et Yvonne, des enfants de Pont-l'Abbé et du Guilvinec, *connus fort sympathiquement dans la région*. Restés dans le fond de l'enveloppe encore, des avis d'obsèques, issus de deux journaux différents. J'y apprends la date de l'enterrement d'Olivier et Yvonne. Ni visite ni condoléances. La douleur sèche. L'horreur typographiée douze francs la ligne.

Sous l'enveloppe, une dernière pochette de photos. Aucune inscription dessus. J'en tire de petits formats carrés. Je retrouve une photo du mariage. Olivier et Yvonne, prenant la pose, à la sortie de la mairie, au Guilvinec. Je reconnais la plaque, avec les horaires d'ouverture du bâtiment, sur la gauche du sourire d'Yvonne. Elle regarde l'objectif d'un autre appareil, celui qui a pris le cliché vu dans une pochette précédente. C'est la même scène, prise sous un autre angle. Je passe rapidement en revue les onze photographies et mon corps se raidit à la vue des trois dernières. Des clichés d'un avion sur la piste d'un aérodrome. Je me tourne vers mon père pour les lui soumettre. Il marque un temps d'arrêt. Oui, c'est bien Yvonne, à l'arrière de l'appareil. *Tiens, mais.* Ça carambole dans nos cerveaux. J'essaye de comprendre. Yvonne dans un avion de tourisme. La pochette ne contient que ces onze formats carrés, 8,7 × 8,7 cm. Les angles ont été arrondis au tirage, réduits au labo, comme ça se faisait dans ces années-là. La photo numéro cinq est manquante à la série, numérotée au dos, à la main, au stylo Bic, de *1* à *12*. Les premières datent du jour du mariage, sans erreur possible. Les suivantes laissent voir des scènes quotidiennes, mal cadrées. Les mariés, chez eux, dans les jours qui ont suivi la fête. J'observe de nouveau les trois dernières : ça ne peut être que ça. Mon père a mis ses lunettes.

— Et le type aux commandes, là, ce serait le pilote.

Je souffle : Daniel Guillou. Le nom découvert sur le registre en mairie, quelques semaines plus tôt. Son visage apparaît. Des traits jeunes, cheveux ondulés, lunettes carrées des années 70 qui mangent les joues, verres fumés. Sur la première photo, on le voit debout, sur le tarmac, dans un pantalon de tweed marron, le corps penché à l'intérieur de l'appareil. Sur la seconde, il pose à côté, seul, fier. Sur la troisième, il a pris sa place de pilote à bord du Jodel rouge

DR380 et Yvonne l'a rejoint à l'intérieur. Le cadrage coupe l'immatriculation inscrite sur la queue de l'avion, mais on lit le modèle. Un *Prince,* le nom des *DR380* Jodel, fabriqués par Robin dans ces années-là. Un modèle flambant neuf. Rouge ligné blanc. Le type de l'appareil colle avec ce que rapportent les articles de journaux sur l'avion du crash. Plus tard, j'irai visionner de nouveau l'archive INA du reportage télévisé, journal régional FR3, dégotée quelques jours plus tôt, grâce à l'accréditation INA. Dans les images en couleurs, défileront des morceaux d'un appareil blanc et rouge. Je scruterai les décombres livrés par écran, à la recherche d'un détail qui me ferait dire que c'était un autre avion que celui de la photo. En vain.

Si j'examine encore la dernière photo, le ciel tire sur le gris foncé et Yvonne, à l'arrière sur la banquette, arbore un sourire crispé. Le pilote pose crânement. Plus tard, je le comparerai au cliché en médaillon légendé, dans une des pages de journal de l'enveloppe : « Daniel Guillou, jeune homme très apprécié dans les environs de Pont-l'Abbé. » C'est bien lui. Je regarderai à nouveau les photos du mariage, et je découvrirai le même homme noir et blanc, dans le coin gauche de l'une d'elles. L'ombre de l'homme plane sur le couple. Je n'avais pas prêté attention à cet inconnu.

Seul Olivier manque sur les clichés. C'est forcément lui qui les a pris. Ils sont en route vers leur mort. L'échelle me fait prendre conscience de la taille de ces avions, véritables cercueils de tôle ajustée.

La sidération nous cueille, tous les deux. On reste là, mon père et moi. Toutes les questions qui enflent dans ma tête sont celles que mon père formule. J'attendais plutôt de lui des réponses. Mais l'oubli du drame s'est étendu à tous les objets qu'il garde. Rien ne livre son secret.

Il me donne l'autorisation de conserver cette pochette, dont il ne saura rien me dire. Dans la soirée, j'écris à Étienne. *Après-midi intense chez Papa. Black-out total de sa part. J'ai retrouvé chez lui les articles de journaux de l'époque, et plusieurs séries de photos du mariage, dans le coffre sous l'escalier. Onze petites photos, encore, prises entre le jour du mariage et l'accident visiblement. Les trois dernières : Yvonne dans un avion de tourisme, avec un pilote qui correspond au portrait de Daniel Guillou dans le journal. À se demander s'ils n'ont pas été photographiés par Olivier le matin du crash…*

Je tape sur le téléphone comme si je n'en étais pas sûre. Je n'arrive pas à le croire. J'ajoute des points d'interrogation aux points de suspension.

Tard dans la nuit, je recevrai ce message en retour. *Ça me dit quelque chose, maintenant que tu m'en parles, cette histoire de photos de l'avion. Je me demande si Manou et Grand-père n'avaient pas parlé d'une pellicule photo retrouvée, peut-être dans la voiture sur le parking de l'aéro-club, je ne sais pas, et développée après coup.*

L'amnésie n'avait pas seulement atteint les témoins directs de l'histoire. Elle avait gagné aussi ceux qui en avaient été partiellement les dépositaires.

29

Le soleil du matin tape contre les vitres du bungalow de Loctudy. Le chien Ludo couine en voyant Yvonne se lever. Elle lui ouvre la porte. Il franchit le chemin de terre qui borde les maisons et va courir dans le champ, derrière. Elle le regarde s'éloigner en pensant que les derniers invités sont repartis. Quand elle le rappelle, elle prend son Rolleiflex sur la toile cirée, au milieu des bouteilles vides. Plus tard, il faudra ranger.

Olivier enfile des sabots à la hâte, pour rejoindre sur le pas-de-porte celle qu'il s'amuse désormais à appeler *ma petite femme*. Il a promis qu'il ne dirait plus *maîtresse,* lorsque *la bague lui serait passée au doigt,* c'est son expression. Sa façon de désacraliser l'affaire : la réduire à une histoire d'anneau. Désamorcer l'impression de *se ranger.*

L'œil à travers le viseur, Yvonne capture l'image d'Olivier franchissant le seuil – peignoir bordeaux. Ensuite, elle lui demande de poser. Sourire. Lui faire plaisir, bien sûr. Malgré le froid. Il aime la voir derrière l'appareil photographique ultramoderne qu'il vient de lui offrir pour leurs noces. Modèle 2.8 F. Il sait qu'elle a toujours aimé la photo. Il tenait à lui acheter du bon matériel. Ça a dû coûter une fortune, il était fou. Olivier l'a embrassée avec fougue pour clore la polémique. À la sortie de la cérémonie, Yvonne a souhaité inaugurer la pellicule par une photo d'eux. Sur les marches de la mairie, elle a tendu le Rolleiflex à Isabelle, en lui désignant le déclencheur.

L'air reste frais, ce matin des premiers jours de janvier, même si des rayons sèchent le sol de sa pellicule de rosée. Il n'y a pas eu de gelées blanches. Malgré la tempête annoncée, les chalutiers et les langoustiniers sont sortis en mer toute la semaine. *Stormvloed*, déferlant du nord-ouest de l'Europe, a épargné ce bout de côte bretonne. De la mer du Nord au Danube, en revanche, les naufrages se sont multipliés.

Olivier prend la pose. Peignoir ouvert sur le torse et cheveux épars, il serre contre lui le jeune setter anglais qu'ils ont choisi ensemble, à l'automne. Il n'y a que le chien qui fixe l'objectif. Olivier, mal réveillé et mal cadré, devant le bungalow de Loctudy. Enfin leur *chez-eux*. Yvonne sourit et embrasse la joue d'Olivier, qui l'entraîne à l'intérieur. Tartine ? Il allume le transistor de la cuisine et s'affaire. Beurre, confiture, couteau. L'avenir est devant eux. Aujourd'hui encore, c'est congé, et cette fois, ils ne sont plus qu'eux deux. Tôt ce matin, Paf est parti pour Paris.

Ludo s'allonge dans le coin, sur la couverture écossaise. Radio France annonce la grève des pompistes, les préparatifs du premier vol commercial d'un avion supersonique. Olivier monte le son du petit Optalix jaune. *Avec Concorde, vous pourrez faire New York – Paris – New York en un seul jour. Et comme le temps, c'est de l'argent : vous y gagnerez,* déclare le speaker d'Inter actualités en reprenant les mots des ingénieurs français chargés d'aller à Washington défendre l'avion auprès des Américains. Olivier coupe la voix triomphale d'Alain Bedouet :

— Tu te rends compte, Yvonne ! Je t'emmènerai à New York, un jour, tu sais !

Elle sourit. Ce coin de Finistère lui suffit bien. En attendant New York, ce sera Belle-Île ! Olivier a tout programmé pour demain : leur vol de noces, véritable baptême de l'air pour Yvonne. Daniel, qui va les emmener, a dit que l'appareil venait d'arriver à l'aéro-club de Cornouaille. Un Jodel et Robin, modèle Prince. Quadriplace. *Ça va être chouaga !* Olivier croque dans le pain beurré.

30

— Tu devrais en parler avec ta mère. C'est dingue ça : toi non plus, tu ne dis rien. Tu te tais. Il faut que tu lui parles. Il faut enfin que vous parliez, dans cette famille. Tu attends quoi ? Personne ne passera l'aspirateur sous le tapis à ta place.

Yann part en claquant la porte. J'éclate de rire tant la formule me paraît incongrue. Et puis le rire fond jaune, sur le canapé en Alcantara. Le conseil ménager ne masque rien du reproche. La coquille a éclaté. Seule dans mon salon, je constate la débâcle. Autour de moi, les objets me renvoient des morceaux de nous : le coquillage sur l'étagère, ramassé à Locmariaquer, le bouquet de fleurs séchées de notre mariage, dans le vase en grès, les photos de nos dernières vacances en Espagne, glissées dans le miroir, la carte marine, dans le cadre en bois peint, au-dessus de la cheminée. Celle de la zone maritime des côtes du Sri Lanka, où nous avions échangé notre premier baiser. Il y a huit ans. Sur le *Belle Isle,* de la Sapmer. Un des tout premiers voyages du navire dans cette zone de pêche.

Les fêtes laissent un goût amer. On avait longuement téléphoné à toute la famille pour savoir ce qu'on ferait à Noël. Personne n'était d'accord. Se réunir. Ne pas se réunir. Se réunir malgré tout. Heureusement, un médecin à la télévision avait fait une proposition : il suffisait de laisser mémé manger la bûche seule dans la cuisine ; on bâfrerait en famille dans la salle à manger. Ça réduirait les risques de contamination. Pendant ce temps, des guirlandes lumineuses clignotent piteusement dans des centres-villes désertés après 20 heures et le mot *couvre-feu* revient en grâce. Le grand bal masqué continue, la course contre la montre des cadeaux aussi, il faut remplir les hottes avant la fermeture, pendant que la marche du monde continue de se gripper. Rien de rassurant. Les photos trouvées chez mon père avant Noël sont raccord avec l'ambiance. Tout a un goût de bouffe coincée entre les dents. Un relent rance. Pas moyen de s'en débarrasser. J'essaye de faire bonne figure, mais secrètement, j'espère que mon oncle Olivier débarque un soir, au volant d'une voiture. Il klaxonnerait, toutes vitres ouvertes : *il paraît que tu me cherches ?* Je ne rêve que de ça, m'enfuir avec lui sur les routes, en pleine nuit, à toute allure, sans attestation dérogatoire de déplacement valable, sans savoir où je me réveillerais. Ensemble, on irait loin, on écouterait de la musique à s'en crever les tympans et on aurait le temps de s'en payer une bonne tranche. Après tout, on en avait des choses à se raconter, mon fantôme et moi.

La bûche de Noël sucre un peu l'acidité du moment. Léonie s'amuse avec sa grand-mère, et on profite de sa venue pour aller voir la mer, pas loin, à l'entrée du golfe du Morbihan. Yann reste à la maison. Sur la route, Léonie passe le temps avec des devinettes. Ma mère se prête au jeu. De mon côté, j'essaye de rester concentrée, pas envie de me prendre un nouveau PV. Un chien, une vache. Léonie sort ses classiques. Elle enchaîne : *ça a deux ailes, un moteur et on l'utilise pour se mettre en voyage*. Je m'enfonce dans le siège conducteur, pendant que ma mère donne la réponse. Le soir, j'en veux encore à Léonie de ce franchissement de ligne non explicitée. La nuit, je m'en veux de lui en vouloir. Le lendemain matin, je contemple le fiasco : le silence familial n'en finit pas de refluer.

Étienne et moi, on continue d'avancer à tâtons dans le brouillard, et, peu à peu, on trouve. J'avais programmé début janvier une journée au Guilvinec et à Loctudy. Il y a notamment cette adresse, sur l'acte de mariage ; on voudrait s'y rendre. Elle correspond sans doute à celle de la maison, dans la série photo, retrouvée chez mon père. Tous les fils nous paraissent bons à tirer. On échange avec le service du cadastre, en mairie : ils n'ont pas de parcelle au nom de Bouvier, dans les années 70, ils nous conseillent l'enquête de voisinage. Mon frère et moi, on repère le secteur avec des cartes. Sur le portail en ligne de l'IGN, on découvre le bouton *remonter le temps,* qui donne accès à des cartes antérieures. En plus de se promener dans l'espace, on se promène dans le temps : la visite relève du pur rêve d'ubiquité et d'uchronie. On tape *Loctudy*, on coche *remonter le temps* : un monde s'ouvre. On y embarque tous les deux comme des gamins à bord d'une soucoupe, prêts à décrocher la queue de Mickey.

Étienne tient à venir avec moi, cette fois. Il a posé une journée de congé. Ce matin-là, je l'attends à la gare de Lorient ; on file vers Loctudy et Le Guilvinec. On fait le détour par Guidel, en prenant la route en virages qui mène au hameau de Traoudec. Je lui montre l'endroit exact. Là, la fenêtre fracassée. Là, les corps. Là, les débris. On reste un moment sans rien dire, à *se recueillir.* Je me dis que ce n'est pas le bon terme. *Se souvenir,* peut-être pas non plus, notre mémoire ne va pas jusqu'à 1976. On a l'air bêtes dans nos doudounes, à regarder le pan de mur d'une maison de campagne aux volets clos. Rien ne laisse deviner ce qu'on voit, au-delà de la fenêtre fermée, du mur blanc impeccable, de l'herbe encore givrée. Même les oiseaux se taisent. Je repense aux mots de Thérèse, qui doit se faire couler un café, à cet instant, dans la maison à quelques mètres de là. *C'est drôle qu'il n'y ait jamais eu une plaque qui signale leur accident.*

31

La maison est là, devant nous. Exacte réplique de celle des clichés. Sauf qu'il n'y en a pas une, mais dix. Des bicoques mitoyennes au crépi blanc cassé, de plain-pied, disposées en quinconce, que ne laissait pas deviner le cadrage des carrés photos de la série de douze. Pas plus que ne le laissait imaginer l'autre photo, plan serré, celle du cadre de l'homme au pull rouge sous le ciel bleu. Au cadastre de Loctudy, ils disent *bungalows.* Le front de mer est à proximité. Les résidences servent de lieu de villégiature pour les estivants. Janvier nous les offre vacantes.

On se regarde, Étienne et moi. Sur Internet, il y a bien une vue aérienne de l'année 1975, où l'on devine le lotissement, mais on n'avait pas prévu que les maisons seraient identiques. On se tourne dans toutes les directions, on superpose la géométrie sous nos yeux à l'espace des cartes du passé. On reste un long moment à arpenter le lotissement, d'une rangée de cinq maisons à l'autre, à la recherche d'un détail qui nous livrerait le renseignement définitif. On scrute la série de photos, puis les habitations. Une petite plaque en céramique blanche, sur la façade de chacune, laisse voir une lettre bleue pour les différencier : *A, B, C, D, E, F, G, H, I, J.* C'est la seule marque du temps. Pour le reste, toutes paraissent semblables à la maison de nos clichés d'époque : une porte principale avec deux lucarnes, un Velux inséré dans une toiture en ardoises. C'est sommaire. Rien ne semble avoir bougé. Même le goudron n'a pas recouvert ce morceau de terre.

Étienne sort son téléphone pour essayer de retrouver le cadrage d'une des photographies, celle du chien auréolé de soleil. On ne voit qu'une maison sur le cliché. Celle de l'extrémité, alors la *J* ?

On retourne à la voiture garée sur le chemin de terre, le long d'un petit pavillon en vis-à-vis de la série de maisons jumelles. Une femme surgit sur le pas-de-porte. Elle croise les pans de son gilet et plisse un peu les yeux, face au soleil. *Vous cherchez quelque chose.* Ce n'est pas une question. Depuis tout à l'heure, de sa fenêtre, elle nous observe.

— Pardon, on voudrait retrouver la maison de notre oncle, qui a vécu là, quelques mois, dans les années 70, avant sa mort dans un accident.

— Ah ! Venez, rentrez.

Elle me coupe. Comme si elle nous attendait. Elle nous regarde déjà autrement et nous emmène dans un salon aux murs bleu azur. On se demande si elle sait de qui on parle. Bien sûr qu'elle sait. Elle a tout de suite su. Elle nous laisse nous asseoir avant de lâcher :

— Le jeune couple. L'avion. Je me souviens bien. Mes

parents avaient été très choqués. Ils venaient de finir la construction du lotissement. Cette maison-ci n'était pas encore bâtie. Papa et Maman vivaient dans l'un des bungalows. Ils louaient les autres pour l'été, ou à l'année. Quand c'est arrivé, je n'étais pas ici. Mais je me souviens que ma mère pleurait au téléphone. Elle les aimait beaucoup, tous les deux. C'étaient des jeunes bien. Je me rappelle, ma mère avait dit qu'elle, la femme, elle ne voulait pas y aller. C'était quoi, un baptême de l'air pour leur mariage ou quelque chose comme ça, non ? Ils venaient de se marier. Ça, oui, elle ne voulait pas y aller, dans cet avion.

On la dévisage. Catherine. Elle avait presque l'âge d'Olivier au moment de l'accident. Deux ans de plus, elle dit. On pense à notre mère, Catherine a son âge. On écoute l'inconnue nous parler de notre famille. Nous parler du passé, comme si c'était hier. Ils avaient loué le bungalow au début de l'automne, pour un an. L'accident, c'était quand ? Janvier ? Quelle année, exactement ? 76, oui, c'est ça.

— Vous savez, chaque fois que je passe par Guidel, sur la départementale, je pense à eux. C'est bête, hein ? Je ne les connaissais pas vraiment, pourtant. C'est bien là-bas que l'avion est tombé ?

On incline la tête pour confirmer. *Sur la commune de Guidel, oui.* Un chien fait irruption dans le salon, suivi d'un homme sec. Patrick. Elle nous présente. Les neveux du couple de l'avion, est-ce qu'il se souvient ? Patrick voit bien, comme si rien des années écoulées n'avait estompé l'histoire.

— Ben reste pas là comme ça, on va leur servir à boire. Que je leur raconte.

On boit des kirs cassis avant d'avoir pu dire quoi que ce soit. Elle retrace les belles heures des bungalows *Les Goélands :* les étés plage et parties de pétanque, prolongées tard dans la nuit, aux phares des bagnoles. Les habitués : le couple de Gersois du bungalow *I*, la femme, qui prenait, chaque été, le train auto-couchettes jusqu'à Quimper, pour couler deux mois ici, avec ses gamins, et se faire des souvenirs à remâcher les jours gris de l'année qui suivrait. Je me fabrique des images : des pantalons pattes d'éléphant orange et des clopes fumées, la nuit, dans les faisceaux d'une 2 CV.

Sa jeunesse heureuse dans ce bout de Bretagne. On écoute. On s'imprègne de l'atmosphère du lieu où Olivier et Yvonne ont vécu, quelques semaines. Le bail, elle ne sait pas si ses parents l'avaient gardé. Ça ne lui dit rien. Elle a trié beaucoup de papiers à la mort de son père, quand elle a récupéré cette baraque, devenue leur maison de vacances. On a de la chance de les trouver là. Avec Patrick, ils s'apprêtent à partir. Ils prolongent en général une semaine ou deux après les fêtes, puis ils rentrent à Paris.

On lui raconte, à notre tour, le hasard professionnel qui m'a menée sur la tombe cette année, les recherches, les rencontres, les articles, les questions sans réponse. On lui dit l'oncle inconnu, le frère de notre mère. La difficulté à parler avec elle. Le poids d'un silence qui a enflé au fil du temps sans même qu'on l'ait perçu. L'éclosion tardive à notre conscience de cette boursouflure invisible. Le coup de gomme sur l'événement traumatique. Le ricochet sur les vies de l'oncle et la tante, effacées aussi. La résonance du passé sur le présent. Les conversations familiales sous surveillance, pour ne jamais évoquer, même de loin, un détail qui y ferait écho. Les échanges paralysés. L'inexplicable duplication d'un comportement enfoui. La crispation intime qui en était venue à irradier souterrainement toutes les générations et à vicier les relations. L'air qui nous manquait désormais, et l'histoire qui bégayait. Les marins pêcheurs. Les lieux qui m'attiraient à eux : la Bretagne, Le Guilvinec. On décrit le portrait d'Olivier, accroché dans l'entrée de notre maison d'enfance : lui et le chien, posant devant l'un des bungalows, ici. La série de douze, trouvée chez notre père : à nouveau, cette maison en arrière-plan. Notre envie de la retrouver.

Je tends la série de photos format carré à Catherine.

— Faites voir.

Elle met des lunettes en écaille et en choisit une. Là, la lettre dans le coin de la photo, sur le compteur au bas du mur.

— C'est le bungalow *H.*

— Vous êtes sûre ?

— Oui oui, c'est marqué ici, sur le compteur électrique. Dans le temps, les lettres étaient sur les compteurs, maintenant il y a des petites plaques de faïence sur la façade. Non, il n'y a pas de doute. C'est le *H.* Voyez, je ne me rappelais pas.

Ni Étienne ni moi n'avions remarqué la minuscule inscription. *H*, comme *Haut-le-cœur*.

Elle s'arrête un instant, avant de reprendre. On dirait qu'elle prépare sa phrase pour qu'on la retienne.

— Vous savez, je peux vous dire ça, je suis un peu plus vieille que vous : il faut parler. En famille, il faut *dire*. Quand mes parents sont morts, j'ai regretté de ne pas avoir osé parler de certaines choses avec eux. Il faut parler avec votre Maman.

On sait qu'elle a raison. On vide nos verres et on part avec son conseil dans les poches. Bientôt. Ça nous aide de la trouver sur le chemin pour le formuler. En sortant, Étienne se dirige vers le pas-de-porte du bungalow *H*. Il se remet en position pour photographier le chien sur la pelouse. Il cadre le pan de mur de la maison du bout de la rangée.

— Regarde, Alice, pour avoir ce morceau de mur, il faut se trouver exactement ici.

Il me désigne le seuil du bungalow *H*. On cherchait la maison de la photo au chien : mais ce n'était pas la leur. La photo est prise de ce pavillon. Devant le *H*. Le chien est allé s'asseoir plus loin, devant la maison des voisins. Il prend un cliché d'iPhone, au même endroit. Je photographie Étienne, en train de cadrer le chien imaginaire. On sourit tous les deux d'avoir résolu le mystère. Autour de nous, le hors-champ de la série photographique. Les autres maisons symétriques, celle de Catherine, le chemin de terre et les champs. Le cadrage dit si peu d'un lieu, d'une chose, d'un être. On pense tenir la vérité imprimée sur papier Kodak. Quelque chose comme une preuve. Ça a existé comme cela. Mais le réel déborde toujours le cadre. Plus tard, dans mon téléphone, je retomberai sur la photo d'Étienne sur le seuil du bungalow *H*. Je penserai à Olivier qui se tenait là, des années plus tôt, dans la même position. Vertige de ce retour dans le temps. Ça s'effritera dans mon ventre. Quelque chose qui crépite sourdement.

On remonte dans la voiture, avec l'impression d'avoir pris une cuite. Le kir à jeun n'y est peut-être pas pour rien. On a faim. Il faut filer, on a rendez-vous. On fonce vers Le Guilvinec avec les indications du GPS, et on laisse l'alcool dissoudre l'émotion. On ne sait dire que *c'est dingue, cette rencontre*. On n'en dit pas plus, on n'en pense pas moins.

32

Rendez-vous pris avec Isabelle, depuis la mi-décembre. Le coup de fil, plusieurs fois retardé. Les recherches sur le mariage à l'église, qui ont mené à son numéro de téléphone. La dame de l'accueil paroissial, dérangée alors qu'elle taillait ses rosiers. L'évocation des registres, pour obtenir le nom des témoins au mariage religieux d'Olivier et Yvonne. Le motif de la recherche et la mention de leur accident. Attendez voir. Ça lui disait quelque chose cette histoire. C'était pas la fille Le Gall ? La femme connaissait bien sa tante, Isabelle. Elles étaient ensemble à la chorale. Elle était sûre qu'on devrait la contacter. Elle avait donné le numéro d'Isabelle sans qu'on l'ait demandé. Les premiers temps, je n'avais pas osé appeler. Ça me paraissait trop sensible. Trop proche. Le message d'Étienne, *oui, c'est exactement ça, il y a des coups de fil qui font peur.* Sa tante, quand même. Sa *tante* ? Est-ce que c'est moi qui avais mal compris ? Isabelle avait dit : *non non non, je suis sa sœur.* Sa sœur aînée. Vonnette avait douze ans de moins qu'elle. Elles étaient quatre filles. Vonnette, c'était la dernière.

Mon silence de larmes, sa voix de vieille dame qui répétait : *Allô ? Allô ? Vous êtes toujours là ?* Les mots coincés dans ma gorge.

Au Guilvinec, trouver un jambon-beurre en boulangerie à presque 14 heures relève du défi. Étienne et moi, on se rabat sur une version sous plastique du supermarché. Ça n'a le goût de rien, mais les émotions se chargent de lui en donner. On se retrouve devant le portail d'Isabelle, à l'heure. Elle nous attend, avec un pull rose, et l'œil gauche mi-clos.

Isabelle dépose un épais album photo blanc sur la table de la salle à manger. Le mariage de Vonnette. On en a peut-être déjà vu ? Je fais un signe de tête. Je reconnais quelques scènes. D'autres angles de vue, des protagonistes, pris de plus près. Elle nous renseigne sur tel et tel visage inconnu. *Elle, c'était la sœur à Maman.* Elle porte aussi la coiffe bigoudène, *voyez, là.* Je me rends compte que celle que je prends pour la grand-mère d'Yvonne est sa mère. Projection qui me fait penser que le temps des coiffes est celui des grands-mères.

On parle longuement du présent. Elle nous pose des questions sur notre famille, avec qui elle n'a plus de contact. Isabelle ne sait pas que notre mère a eu quatre enfants. Quand on lâche les photos, elle nous raconte *son* 4 janvier.

— Vous savez, pour l'avion, Yvonne, elle ne voulait pas. Elle me disait : vivement que tout ça soit terminé, que je retourne travailler lundi.

Isabelle sourit toujours. Elle parle des gendarmes, chez

les parents, le soir. Elle était là. Le reste de la soirée, passée dans la famille du pilote, à Pont-l'Abbé.

— Daniel Guillou. Un ami d'Yvonne, mais aussi un cousin éloigné, du côté de Maman.

Une nuit en état de choc, dont elle ne raconte rien d'autre que le souvenir de la 2 CV verte, démarrée devant chez les parents, sous l'œil des gendarmes, venus porter la nouvelle.

— Je ne sais plus conduire, que je disais, je ne sais plus conduire.

Elle termine ses phrases par des formules qui nous laissent imaginer le moment, sans indice. *Et puis ben voilà... oui oui, quoi...* On reste en suspens, accrochés à chaque mot, avec l'espoir qu'elle va déployer le récit. Quarante-cinq ans après, Isabelle n'a rien d'autre à en dire. Juste le chagrin intact et la fatalité recroquevillée dans des points de suspension. Ses silences n'ont pas la même épaisseur que ceux de notre famille. Isabelle a continué à parler d'Yvonne, après l'accident. Elle en a même souvent parlé, avec ses trois sœurs. Les morts ont finalement toute leur place parmi les vivants, qu'on en parle ou pas.

Après ça, Isabelle décide qu'il nous faut des crêpes et du café. Elle va remplir une cafetière, qui ronronne un moment dans la cuisine. Elle continue à chercher le nom de femme mariée de cette Nicole, dont j'ai parlé. Elle voit bien. Une brune. Infirmière, elle aussi. Témoin du mariage. Elle l'a croisée une ou deux fois ; après, elle a perdu sa trace. Pendant que la cafetière me couvre, je murmure à Étienne : *tu te rends compte, ils ont toujours pensé que c'était, quelque part, la faute d'Olivier, et pas celle du pilote.* Il réalise que les mots débités avec le sourire renferment ça aussi. Le *elle ne voulait pas y aller.* Olivier est resté l'étranger, celui qui a ravi la fille du pays.

Elle revient, les bras chargés. Des crêpes et du beurre salé. Il faut se resservir plusieurs fois, mettre beaucoup de beurre. Une grande tasse chaude et amère qu'on avale sans un mot. Au bout de la deuxième crêpe, mon frère ose poser la question. Est-ce qu'elle pense que sa sœur était enceinte au moment de l'accident ? On échange des sourires avec cette femme qui partage avec nous cette histoire de brouillard et de mort.

— Alors après, ils seraient allés vivre à Tréguennec. Ils aimaient bien, là-bas.

On lui fait répéter. On n'avait jamais entendu le nom de ce village en surplomb de côte.

Isabelle reste sous la pluie, au portail, quand on démarre la voiture. Elle y tient. Elle fait un signe de la main et on voit le pull rose s'éloigner dans le rétroviseur. On est presque aussi ivres qu'après le kir du matin. On n'a rien bu. Seulement ce jus aigre au milieu du flot de souvenirs flous. Étienne tape dans le GPS : *Tréguennec.* On pense à Olivier et Yvonne. Pas besoin de se le dire. On roule en direction de la côte, au-dessus de la pointe de Penmarc'h. Vers leur rêve enterré avec eux.

La route se rétrécit et file vers l'horizon. Vingt minutes plus tard, on s'arrête après un parking inondé, derrière des dunes. Un chemin mène au littoral, à travers des herbes hautes, gagnées par le sable. Sous un ciel aux zébrures roses et aux traînées de nuages gris-violet, la plage de Tréguennec se laisse découvrir face à nous. Une étendue de mer qui se retire de la grève à cette heure. Le froid ne mord plus. Un havre sans vent. L'air a un goût de sel. Au loin, on entend le bruit du ressac. Ça fait comme le son d'un coquillage plaqué sur l'oreille. Un bruit blanc, sur lequel se dépose notre satisfaction. On est fiers de notre hommage improvisé. C'est mieux qu'un rendez-vous sur une tombe. Penser à eux, là, maintenant, à Tréguennec, un 8 janvier. Ça fait pile quarante-cinq ans qu'ils ont été enterrés. Quand j'ai pris rendez-vous avec Isabelle pour le 8 janvier, c'était décembre et je n'avais pas encore trouvé les avis d'obsèques dans l'enveloppe chez mon père. Je ne savais pas, pour la date. Isabelle voulait laisser passer les fêtes et puis il y avait cette maladie, qui traînait. Elle avait préféré attendre un peu. Elle avait retenu que je venais tous les vendredis, travailler au Guilvinec. Elle avait proposé le premier vendredi de janvier, après les vacances scolaires. J'avais accepté, sans lui avouer que mon contrat prenait fin en décembre. Au moment d'inscrire notre rendez-vous sur le calendrier Crédit mutuel de la cuisine, à la date du 8 janvier, Isabelle avait pensé que c'était justement la date de l'enterrement de Vonnette et Olivier, en 76. Elle, elle y avait pensé.

On respire l'air de ce morceau de côte, comme si on pouvait l'emporter avec nous pour toujours. Étienne se tourne vers moi avec un sourire tendre. *Tu te rends compte, on aurait pu avoir des cousins bretons… On aurait passé nos étés ici, avec eux.*

Quelles auraient été nos vies, alors ?

On fait un selfie en bonnets, sur la plage, pour garder une trace de l'instant. L'image numérique conservée n'est qu'un pâle renvoi à l'émotion qui nous a crocheté le cœur ce jour-là.

33

En descendant sur le quai, gare Montparnasse, j'aperçois immédiatement le visage d'Étienne. Il m'attend, avec le même bonnet côtelé que celui de la photo à Tréguennec. On prend le métro. Ligne 13. Direction Pierrefitte-sur-Seine. Deux semaines après notre virée bretonne du 8 janvier, un mail nous informait que la dérogation aux délais de communicabilité avait été accordée. Nous pourrions venir voir le dossier du Bureau d'enquêtes et d'analyses, aux Archives nationales. Seul le procès-verbal de la gendarmerie, joint au dossier, serait occulté. La personne du Bureau d'enquêtes a précisé au téléphone qu'elle ne connaissait pas l'épaisseur du document. Elle ne pouvait rien promettre. 76, il n'y aurait peut-être pas beaucoup d'éléments versés au dossier. À l'époque, les procédures étaient moins poussées qu'aujourd'hui.

Étienne et moi, on a découvert la notice correspondant aux fonds du BEA, sur le site des Archives. Les dossiers étaient *les témoignages des enquêtes réalisées, plus complets que les rapports finaux.* Il était question de quelques feuillets uniquement en cas d'accident ancien. Les lignes suivantes du descriptif évoquaient, pour des dossiers plus récents, des enquêtes étoffées de plans, de cartes, photos, relevés météo, schémas techniques, retranscriptions des enregistreurs de vol, témoignages recueillis. La dernière phrase avait gonflé mon espoir, *certains dossiers, plus importants, peuvent remplir plusieurs boîtes d'archives.* Mon frère avait fait preuve de plus de pragmatisme : 1976, un avion de tourisme, dans le fond de la Bretagne, il ne fallait pas trop en attendre. On s'était mis d'accord sur cette version, mais on est quand même fébriles, ce matin, quand on se retrouve, sur le quai de gare.

Dans la salle de lecture des Archives, on attend l'arrivée du dossier, extrait d'un rayonnage de plus de cent cinquante mètres linéaires. Les dossiers d'enquêtes du BEA, mis bout à bout. Tous les crashs aériens sont disséqués ici. Connaître la longueur de ces étagères m'attrape le cœur. Combien de morts y a-t-il derrière toute cette paperasse ? Combien de vies bouleversées autour ? Sur combien de générations ? Notre histoire est celle de beaucoup d'autres.

Dans une pochette bleue à rabats, on découvre une chemise beige avec une inscription manuscrite, encore enfantine, au stylo Bic : *4 janvier 1976, Guidel, F-BSJL, DR380.* À l'intérieur, une autre, d'un orange qu'on devine intense par le passé, déchirée sur le bas de la tranche. Le dossier contient une liasse de feuilles volantes qui doit bien faire deux centimètres et demi d'épaisseur. Une centaine de pages. Je regarde la main d'Étienne trembler quand il ouvre la chemise.

Aux premières pages du dossier, une lettre de notre grand-père. On la reconnaît tout de suite, cette écriture serrée. Pendant longtemps, il nous envoyait des nouvelles sur du papier WWF, avec des pandas dans le coin en haut à gauche. Le dimanche, on lui répondait sur des feuilles ornées de cœurs mauves ou de chats Hello Kitty. Dans ce courrier-ci, notre grand-père n'a pas la douceur de la correspondance de notre enfance. Les pandas ont disparu du papier à lettres écru. Il écrit à l'Inspection générale de l'aviation civile, au service des Accidents, 246 rue Lecourbe, quinzième arrondissement de Paris. La lettre est datée du 26 janvier 1976. Il écrit *Monsieur,* il écrit qu'il est le père du passager du Jodel de l'aéro-club de Quimper Cornouaille. Il écrit le nom de celui qui a trouvé la mort, avec sa jeune épouse, dans l'aéronef qui s'est écrasé à Traoudec-en-Guidel, Morbihan. Il écrit concis, dans une écriture penchée mais nette, qui ne laisse rien paraître du chagrin qui le dévaste. Il écrit qu'il serait désireux d'avoir connaissance du rapport que leurs services n'auront pas manqué d'établir sur les causes et circonstances de l'accident. Il les prie d'agréer. Sa signature, au bas de la page, à droite, je la reconnais bien.

Il a donc toujours su, le grand-père. Notre enquête ne fait que prolonger la sienne. Il n'a jamais rien dit, jamais rien laissé paraître de ce qu'il savait. Mais il savait. Comment aurait-il pu faire autrement ? Comment aurait-il pu se résoudre à enterrer son enfant, à l'autre bout de la France, sans rien comprendre du film des événements ? De l'enchaînement qui a mené son fils et sa belle-fille à leur mort. L'ancien militaire n'a pas pu s'empêcher. Il a fallu qu'il cherche. Dans le train qui me ramènera en Bretagne et les soirs qui suivront, je me demanderai longuement ce que mon grand-père avait bien pu raconter à sa femme et à sa fille. Je reverrai la stature droite de l'homme. La carcasse rigide. Je me souviendrai des phrases qu'il me glissait, gamine avachie sur les fauteuils du salon. *Tiens-toi droite, cocotte.* Les mots répétés avec le sourire tendre du grand-père. Je penserai à mes grands-parents, invariablement assis sur leur canapé à la banquette orange affaissée. Elle, sur la gauche, lui, à l'extrémité droite. Elle, appuyée sur le grand accoudoir en volute, fumant ses Peter Stuyvesant les unes après les autres, emplissant le minuscule cendrier de métal posé sur un guéridon au plateau chancelant. Elle inspirait longuement, portant la cigarette à sa bouche rouge à lèvres. La fumée ressortait, quelques secondes plus tard, par les narines, ce qui me faisait parfois l'effet d'une mamie dragon. La marque des lèvres dessinées sur le filtre de la cigarette. Lui, au contraire, se tenait droit, à l'autre bout de la banquette. Ni clope ni alcool. Raide et inaccessible, il attrapait la télécommande de la télévision pour monter le volume sonore. La guerre lui avait abîmé les tympans.

Je le retrouve, dans sa demande polie et laconique, l'homme qui, le jour où mes parents avaient annoncé leur divorce, avait eu pour toute réaction : *chut. On n'en parle plus, c'est fini.* Comme si on avait pu parler d'autre chose, ce jour-là. Nous étions là, nous aussi, avec ma sœur, tristes et morveuses, sommées de garder le silence.

De la réponse faite par le BEA à notre grand-père, concernant sa demande de communication du rapport d'enquête, le dossier ne porte aucune trace. Mes interrogations se heurtent à ce tas de feuilles. Qu'a-t-il su, au juste ? Qu'a-t-il dit à ma mère ? Et qu'est-ce qu'il a ressenti, lui, depuis le début, depuis l'annonce qui fracasse le cœur ?

34

Madame, mademoiselle, monsieur, bonsoir. Guy Thomas et son nœud papillon noir sur Antenne 2.

Il tend le bras pour attraper la télécommande, sur l'accoudoir. Monter le son pendant qu'elle vient le rejoindre sur le canapé orange en portant une Peter Stuyvesant à ses lèvres. La sonnerie du téléphone se mêle au son du téléviseur. Il regarde la montre à son poignet. Pendant qu'elle s'installe, il se dirige vers la chambre qui sert de bureau. Le téléphone gris à cadran. Il décroche.

— Georges Bouvier à l'appareil, j'écoute.

Il comprend tout de suite. En entendant la voix du gendarme. *Brigade de gendarmerie de Ploemeur.* Le foudroiement. Là. Dans son ventre. Raccrocher ne change rien. Elle l'a rejoint dans la chambre. Elle a baissé le son du téléviseur du salon et tendu l'oreille.

— C'est. Olivier.

Des mots désarticulés. Jetés en vrac au milieu de la nuit. Au milieu des larmes. De ses cris à elle. *Préparer un sac. La carte. Prendre la route. Maintenant.* Il faut prévenir Sylvie.

Elle n'a pas le téléphone chez elle, à Poitiers. Il répète en boucle ces mots. Elle ne parle pas. Ne peut rien dire. La douleur irradie le corps. Elle fait des gestes mécaniques. Dans le placard de la chambre, elle prend la valise marron. Elle met des affaires dedans. Un pull beige, une jupe à carreaux, un pantalon de velours pour lui. Elle prend dans l'armoire au hasard. Des chemises. Des sous-vêtements. La pile de mouchoirs. Le téléviseur continue de fonctionner dans le salon, à faible volume. Ils n'y font pas attention. Dans la salle de bains, elle attrape deux brosses à dents, un savon Roger & Gallet, le flacon d'eau de Cologne qui lui échappe et se brise sur le carrelage.

Les portières de la DS claquent dans la nuit. Georges regarde encore sa montre. 22 h 30. Contact. D'abord Poitiers, ensuite la Bretagne. Il revoit le sourire d'Olivier en costume de marié, samedi dernier. Coup au cœur. Contact. Effacer les pensées. Rouler. Ne faire que ça. Se concentrer sur la route. Il la connaît. Ils sont déjà allés voir Sylvie à Poitiers. Sylvie. *Ma petite fille.* Il l'imagine endormie à cette heure, d'un sommeil qui nie la mort. L'ignore. La repousse. Il voudrait lui caresser les cheveux, comme quand elle était petite. Lui dire : *dors, ma petite fille*. Dors. Ne te réveille pas. Il sait que ce sera sa dernière nuit de bon sommeil avant toutes les autres. Les nuits à venir. Les nuits de cauchemars. Les nuits lourdes. Les nuits de fatigue plombée. Les nuits hantées. Les nuits redoutées. Les nuits qui n'annulent pas l'horreur.

Les bandes blanches de la N7 défilent. Le compteur grimpe. Roanne. Moulins. Saint-Amand-Montrond. Sans rien dire. Il l'entend renifler sur le siège passager. Des sanglots par saccades encore. Nez mouché.

— Arrête-toi.

Il la voit ouvrir la portière et vomir dans le fossé. Elle reste un moment penchée, les mains sur les genoux. Il sent le froid qui rentre dans la voiture. Il sort à son tour, la serre contre lui et la fait se rasseoir. Il redémarre. Dents serrées. Mains sur le volant. Et peu à peu, plus que le son du moteur de la DS. Parfois, les klaxons longs venus d'un camion en face. Les phares dans les yeux. La ligne blanche à tenir. S'y accrocher.

Au matin, longer Le Clain. Poitiers. Ils sont proches de la rue de Sylvie maintenant. Il va falloir dire. L'annoncer au réveil. Faire une phrase. Trouver des mots. Au dernier feu rouge, Georges allume la radio de l'auto. Pour essayer de faire diversion avec la banalité des actualités. Y faire dérailler l'angoisse. *Radio France, vous écoutez France Inter, il est 7 heures.* Il reconnaît la voix d'Alain Bedouet sur Inter actualités. *Le procès de Concorde commence aujourd'hui, pour savoir s'il aura le droit ou non d'atterrir sur le sol de New York et de Washington.* Ils n'écoutent pas vraiment, mais ça fait une bande-son réelle pour combler l'irréalité de l'instant. *Un petit avion de tourisme qui pique et s'écrase au sol, c'est l'accident, hélas classique, du dimanche, dans les aéro-clubs. Trois jeunes gens sont morts ainsi hier, dans le Morbihan. Leur Jodel s'est écrasé sur une ferme, à Guidel.* La voix d'Alain Bedouet est scandée, détachée, précise. Elle donne les identités des victimes. *Olivier Bouvier*. Décharge dans leur corps. Ils entendent le nom de leur fils à la radio. Elle tourne le bouton. Faire taire cette voix. Le haut-le-cœur revient.

Pourvu que Sylvie n'ait pas écouté la radio. Frein à main. Il coupe le moteur. Sonnette. Sylvie apparaît. Le visage de leur fille qui ne comprend pas ce que sès parents viennent faire chez elle, un lundi matin. Visage qui se désagrège. Georges tient la valise en cuir marron à la main. Dedans, les photos du mariage d'Olivier et Yvonne. Ils ont pensé à les prendre. Ils les ont reçues avant-hier. Le photographe était content des tirages.

35

C'est con qu'on puisse plus faire la bise !

Hervé est là, sur le perron. À l'intérieur, on est heureux de se retrouver. On dirait deux vieux amis. Cette fois, il veut qu'on se tutoie. On partage cette histoire d'avion, qui nous relie secrètement. Il a quatre-vingts ans, et moi trente-cinq. En 76, Hervé avait mon âge et il croisait mon oncle au dernier jour de sa vie. J'ai senti l'envie de rappeler Hervé. Lui dire qu'on avait enfin pu avoir accès au dossier du Bureau d'enquête. Il est heureux pour nous, vraiment, et très curieux d'en connaître le contenu. Ma venue de novembre l'a *travaillé*. Quiberon est distant d'une cinquantaine de kilomètres, c'est facile. Les limites de déplacement en journée sont levées depuis plusieurs semaines, et si on ne s'attarde pas trop en soirée, c'est bon.

Je lui montre tout de suite la pochette, avec les photos trouvées chez mon père. C'est la première fois qu'il les voit comme ça, les passagers du Jodel : jeunes mariés sous le porche de la mairie du Guilvinec. *C'est quand même con !*

Pauvres gosses, quel gâchis. Il reprend son ton de dragueur pour contrer l'émotion :

— Tiens, c'est marrant, elle te ressemble, ta tante.

Il trouve ça, Hervé. Pourtant, c'est mon oncle, le lien de sang. Je partage avec Yvonne quelques traits physiques, des cheveux blonds, des yeux bleus, une corpulence. La silhouette allongée de celle chez qui j'ai cherché, en vain, un début de ventre arrondi, sous la robe de mariée des clichés. Sur les premières photos de la série de douze, Yvonne ne porte pas de lunettes. Elle a les cheveux détachés, mi-longs. Sur les suivantes : on retrouve la Yvonne du quotidien hôpital et R5 beige, lunettes de myope et cheveux retenus en arrière.

Hervé s'arrête sur les trois dernières photos. C'est bien l'avion qu'il avait vu ce jour-là. *Merde, c'est ça.* Rouge et blanc.

— Moi aussi, je suis allé au tapis avec un *p'tit Prince* ! C'était en 84, je crois. M'enfin, c'était pas grave.

Grâce à lui, je découvre le surnom du *DR380*, modèle Prince de Jodel et Robin. Plus tard, il me montrera la photo correspondante, dans un de ses albums. Avion abîmé. Il ne donnera pas plus de détails et enchaînera avec la photo souvenir d'un film, pour lequel il a fait la doublure : pilote de l'armée allemande, en uniforme nazi, pour les scènes tournées en vol.

Hervé me prend des mains l'une des photos et se tourne vers la porte-fenêtre qui donne sur le jardin.

— Tiens, regarde, tu sais où c'est pris, ça ? À Belle-Île !

Il pointe du doigt des lettres, à demi lisibles, du fait de

l'angle de prise de vue. De grandes lettres dessinées à la peinture blanche sur le tarmac, pour être vues du ciel.

— Là, *B, E, L,* c'est Belle-Île, j'te dis ! Oui. Tu vois les arbres, là, dans le fond, c'est bien ça, je reconnais la forêt. Mais oui, c'est Belle-Île. Avant, pour être identifié, chaque aérodrome devait avoir un phare de rappel et son nom marqué, de façon visible. Nous, ici à Quiberon, on avait peint les lettres en gros sur le toit du hangar. Maintenant, c'est fini. Ça n'existe plus. On faisait ça parce qu'il y avait moins de radio qu'aujourd'hui. C'est Belle-Île. Affirmatif.

Ni Étienne ni moi n'avions vu les lettres, sur la piste de la photo. Les mariés avaient terminé la pellicule sur le tarmac de Quimper, au point de départ, avant de remettre l'appareil dans la voiture sur le parking. Un photographe professionnel m'avait confirmé que ce type de pellicule ne comportait que douze prises. C'était la seule hypothèse que nous avions su formuler. On ne pouvait pas en imaginer d'autre.

Le rapport d'enquête est formel sur le trajet de cette journée : Quimper – Belle-Île, en matinée. Puis Belle-Île – Quiberon, et le départ de Quiberon avant le crash. C'était Belle-Île. Hervé reconnaissait. Je comprends. Hervé a l'air d'avoir compris aussi. Les photos que je tiens dans les mains m'arrivent tout droit d'une pellicule retrouvée dans les débris de l'appareil. Elles viennent du crash. On se tait tous les deux.

Au bout d'un moment, il reprend, plus sombre :

— Mais si j'avais eu la radio, dans l'avion, le vieux Piper, là, avec mon élève, tout ça serait pas arrivé ! Putain de bon Dieu ! Moi, j'ai fait qu'un tour de piste, tu sais. À peine dans les nuages, pas de *visi*, machin, je me pose à nouveau et paf : ils étaient partis !

Je me souviens du récit qu'il a fait, la première fois que je suis venue, en novembre. Les mises en garde, trois fois dans la journée, le Jodel sur le tarmac derrière lui, les signes de bras pour les dissuader. Le Piper a pris l'air pour faire un rond dans le ciel et se reposer. Le Jodel a pris l'air pour rejoindre Quimper et ne jamais l'atteindre. *Les cons*, il avait dit.

Hervé refait le film dans sa tête.

— Ç'aurait été un gars chevronné, j'dis pas. Il aurait peut-être pu s'en sortir ! Mais là, il venait d'avoir son brevet ! Combien d'heures de vol ils disent, dans le rapport ? Soixante-huit heures ? Dont quarante-cinq en double commande ! Pff, c'est rien du tout ! C'était sûr qu'il allait se péter la gueule, avec un temps pareil. Qu'est-ce qui lui a pris de partir ? C'était la crasse, j'te dis ! La plupart des accidents, y a pas à tortiller : c'est un manque de conscience du danger. Moi, je disais toujours à mes élèves quand ils réussissaient le test : « Maintenant, vous faites partie de la grande famille des pilotes, mais je suis pas en train de signer votre acte de décès. Quand vous allez voler seuls, la prochaine fois : ne partez que si la météo est OK. Sinon, faut pas jouer. » Mes gars, même brevetés, je les lâchais pas. Après, je me suis pas fait que des amis dans ce milieu ! L'instructeur de Quimper, à cette époque-là, il m'appelait *l'Abbé* ! Y a pas eu un mort, au club, ici, du temps où j'étais instructeur. Pas un ! Un peu de tôle froissée, mais pas de mort.

Je le regarde s'animer. Il a haussé la voix. Il y tient. C'est son palmarès.

— La météo, c'est vraiment le coup classique. Tu te dis, en forçant un peu, ça devrait passer. Et c'est la tôle. Après y a aussi ce qu'on appelle aujourd'hui dans notre jargon *l'objectif destination*. Ça veut dire qu'il peut y avoir un peu de pression pour rentrer. Ça va dépendre du caractère du pilote. Les passagers ont parfois une influence, aussi. Bonne ou mauvaise. Y en a qui vont dire : on y va, on n'est pas des mauviettes, et puis, on doit rentrer absolument ce soir. Faut te replacer dans le contexte de ces années-là, Alice. Tu sais, une fois, j'étais à trente minutes d'arriver au club, je le sentais pas, le temps était crade. J'ai posé l'appareil à Nantes et j'ai pris un hôtel. *Interruption volontaire de vol.* Pourtant, j'étais pas loin. Quand je suis arrivé au club, le lendemain, les gars m'ont traité de dégonflé. C'est pour te dire la mentalité ! Je te parle des années 70.

Je revois le sourire crispé d'Yvonne dans l'avion, sur la photo. Et la question qu'elle avait posée, sur la route pour l'aérodrome. La déposition de monsieur André, dans le rapport, le mentionnait. C'était lui qui les avait raccompagnés. Est-ce qu'il restait assez de carburant pour rentrer à Quimper par les airs ? J'imagine son inquiétude, qui avait dû grossir au fil de l'après-midi, et qui se nouait dans cette question à défaut de pouvoir s'avouer autrement. Je repense aux expressions de mon oncle et de mon père pour décrire Olivier, *un peu casse-gueule, pousse-au-crime.*

— Bon, aujourd'hui, on fait vachement plus gaffe à tout ça. D'ailleurs, la fédé prend en charge, quand tu ne peux plus rentrer à cause de la météo. Ils appellent ça *l'assurance retour*. Ils te payent l'hôtel ou le taxi. Y a eu tellement de gars qui se sont foutus en l'air comme ça ! Maintenant, les pilotes, on les forme pour être capables de se démerder pour faire demi-tour, s'ils rentrent en conditions *IMC* sans le vouloir.

Hervé me parle comme si je comprenais tout. Je me souviens d'*Instrument Meteorogical Conditions.*

— Typiquement, t'es pas formé au vol aux instruments, mais tu te fais avoir : tu rentres en couche. Bon, ben, la seule solution que t'as pour t'en tirer, c'est de faire demi-tour ! Mais encore faut-il savoir le faire en maintenant l'appareil à l'horizontale. C'est pas si facile ! Tu sais, quand t'es dans les nuages : tu perds tous tes repères. Ça va très vite. C'est pas pour rien qu'on dit chez nous que le temps moyen de survie quand tu te fous dedans, c'est moins de trois minutes. Si tu sais pas voler aux instruments, que ton avion n'est pas équipé pour, que tu ne sais pas, ou que tu n'as pas le réflexe de faire demi-tour : t'es foutu. C'est aussi simple que ça. Tu peux t'en sortir si t'es chevronné, avec l'horizon artificiel. Encore faut-il savoir s'en servir. Là, ton Daniel du Jodel, avec son brevet tout frais, ça m'étonnerait qu'il ait su. Si t'es en couche, le giro de l'oreille interne, il pète un câble et c'est fini. Suffit que tu partes en virage en tirant sur le manche comme un fada et tu te fous en vrille direct. T'es dans du coton : tu peux mettre soixante degrés au cap et grimper de cinq cents pieds sans t'en rendre compte, comme tu peux partir en piqué droit sur le sol. Et tu t'emplafonnes. C'est ton oreille interne qui a calanché. Pas plus compliqué.

Je fais défiler rapidement les feuilles scannées de l'épais dossier récupéré aux Archives. Les pages d'enquête elles-mêmes, les annexes, les cartes, les listes d'équipement, l'enquête préliminaire, les dépositions retranscrites. Il déchiffre les noms, au fil des pages de déclarations, tapées à la machine à écrire. Tous ceux que j'ai rencontrés ces derniers mois se trouvent là, dans ces feuilles volantes, aux côtés d'autres, dont j'ai entendu parler, morts entre-temps. Les ratés du moteur, que certains avaient entendus et pris pour une panne, étaient dus à sa faible alimentation en essence, du fait de l'angle donné à l'avion par la vrille. Chaque détail trouve son explication, et chaque nom contenu dans le rapport déclenche chez Hervé le récit d'une anecdote. Les témoins prennent vie.

— Oh, mon Tatav. Il se remplissait bien le cornet, celui-là. J'me souviens d'une de ses prouesses ! Un soir, il avait voulu rentrer un avion dans le hangar. Mais il était pas pilote, lui. Il était simplement gardien de l'aérodrome de Belle-Île. Enfin, il avait surtout un coup dans le pif. Il a mis en route l'appareil, il a pas su machiner le machin, il a mal pris son virage : il a découpé en rondelles deux autres avions ! Quel numéro, celui-là !

Hervé pleure de rire, sa voix part dans les aigus. Il s'essuie les yeux et reprend son sérieux à la lecture du témoignage du premier maître à la base aéronavale de Lann-Bihoué, responsable du contrôle aérien à la tour ce jour-là.

— Pff. Il lui a dit des conneries aussi, le gars. Il lui a demandé de monter, alors qu'il savait très bien que le pilote de Juliet-Lima était pas qualifié pour du vol aux instruments. Là, tu lis dans sa déposition qu'il le fait grimper dans la couche. C'est foutu. Après, c'était pas évident à gérer, parce que, de toute façon, le plafond était trop bas pour voler en dessous. Avec le survol de la ville de Lorient : trop risqué. Ou alors ils auraient dû rester sur la côte. Au moins, au-dessus de la mer, t'as pas d'obstacle. Là, c'était mal barré. Ils auraient dû essayer de se poser sur la plage ou n'importe où. Je comprends pas pourquoi le gars de la tour et le pilote se sont obstinés à essayer de poser l'avion à Lann-Bihoué. La panique, sans doute. Et le manque d'expérience. Il avait quel âge, le gars de la tour, c'est marqué ?

Il était très jeune. Il avait dû s'en souvenir longtemps, lui aussi. Sur Internet, j'avais découvert un avis d'obsèques récent à son nom dans la région. 2020 et son lot de Covid, peut-être. Je ne peux que constater avec Hervé, qui passe au crible tous les éléments du rapport, que, comme me le diront certains, un accident est un enchaînement : des circonstances dangereuses, des comportements inappropriés.

— Ce qui est quand même con, c'est qu'ils se sont planté la gueule à cinq kilomètres de la piste, quoi. Ils sont passés au-dessus du terrain et ils ne l'ont pas vu. Ils ont été relevés ici.

Hervé reprend la carte en annexe. Il met son doigt au milieu.

— Le gonio donne la position de Juliet-Lima à la verticale de la tour, à 17 h 19, trois minutes avant le crash.

Tout est dit. Quand on finit d'éplucher le dossier d'enquête, on boit un mauvais café, sans dire un mot. Et j'ai le regard plein d'une tendresse infinie pour cet homme, que je ne connaissais pas quelques semaines plus tôt. Il me relie à mes morts. Il me raconte leur histoire. Je lui en suis reconnaissante.

Au moment de partir, Hervé me dit, avec un ton plus solennel qu'à son habitude :

— Tu sais, Alice, l'autre jour, quand tu m'as rappelé, pour prendre rendez-vous, j'ai réalisé un truc, en raccrochant. Ce midi-là, j'attendais mon fils pour déjeuner. Ça m'est revenu. Je me suis souvenu que le soir du 4 janvier, ben j'avais fait l'amour ! Tu sais, moi, je suis comme ça ! C'était pareil à la mort de mon père. La mort, ça me donne bizarrement envie de tirer un coup, tu te rends compte ! Je me disais, nous on est vivants, on est vivants. Ce soir-là, je me rappelle très bien : j'ai retrouvé ma femme et je l'ai serrée dans mes bras en arrivant. Ensuite, on a fait l'amour. Et ben, mon fils est né exactement neuf mois après. Il est du début septembre 76, mon Guillaume.

Je pars en lui disant simplement : *merci*. Ces ramifications n'en finissent pas de me surprendre. L'histoire a ourdi secrètement sa toile sur d'autres vies que la mienne.

36

Alors, ben, bonne année, et vive les mariés !

L'oncle de Daniel a sorti le calva. Il faut fêter ça. C'est pas tous les jours que le neveu vient à la maison, à Quiberon. Avec des jeunes mariés, en plus ! 1976 commence bien. Il verse l'alcool dans le café brûlant. Olivier et Daniel avalent sans ciller. Ils reprennent des sablés dans l'assiette disposée sur la table basse du salon. Olivier adore ces gâteaux secs. Daniel demande à son oncle s'il peut utiliser le téléphone. Il a promis aux gens du club de les rappeler dans l'après-midi, pour voir où en serait la météo. Le matin, à l'arrivée à Belle-Île, ils lui ont demandé de se dérouter. Quimper était trop bouchée pour rentrer directement. De l'autre côté de la cloison, sur un guéridon en bois, l'objet est là. Téléphone à cadran, beige. L'oncle sourit. Toutes les maisons ne l'ont pas.

Daniel compose le numéro de l'aéro-club de Quimper. Pour le moment, le temps n'est toujours pas *clair,* ici. Il faut trouver une solution. Dans le salon, ils en discutent avec l'oncle. Il y a aussi sa femme et son fils. Rentrer, de toute façon : demain matin, Olivier, Yvonne et lui doivent reprendre le travail. Olivier demande s'il ne faut pas attendre encore un peu, que ça se dégage. Daniel aimerait bien, mais il est déjà presque 16 heures. Il fera bientôt nuit. Il pense à appeler son frère. Il doit être à l'atelier à cette heure, à découper du bois et bricoler, c'est son passe-temps. *On pourrait lui demander de venir nous chercher, il adore conduire. Ça me les gonfle de le déranger, mais comment faire autrement ?* Ils tombent d'accord. Il faut appeler le frère de Daniel et rentrer par la route. Tout est arrangé. Yvonne boit la tasse de café qu'elle a laissé tiédir.

Le téléphone sonne. C'est l'oncle qui décroche. Il revient de ce côté de la cloison. *Daniel, c'est pour toi : l'aéro-club de Quimper.*

37

Des souvenirs, d'après photos. Des souvenirs, extirpés des silences. Imaginés, forcément. Fabriqués. Pleins de trous. Vides. Impossible de trouver un sens à cette perte, à cette histoire de deuil et de douleur. Une immense pluie de chagrin a éclaboussé toute la famille. Pas de sens. C'est un fait. On parle de *destin*. On se forge un chemin dans le noir, avec les béquilles les mieux ajustées. Mais le sens de nos vies à nous, les enfants de Sylvie, est aimanté par ce pôle manquant. Comment en serait-il autrement ? Et le silence gardé autour du drame ne fait que renforcer cette attraction invisible.

Des images précises, un scénario, un savoir étayé, consignés dans un document, déposé aux Archives nationales de France. Depuis tout ce temps. Des lignes parlent en détail des circonstances de la mort d'un couple de jeunes mariés, et leur nièce ignore tout.

À la pesanteur du secret se substitue la nécessité d'en parler avec ma mère. La force d'articuler les mots manque encore. C'est comme si j'étais redevenue gamine, que je devais lui avouer une bêtise. Ce sentiment ne me quitte pas. Une sorte de honte indélébile, mêlée à l'envie de taire. Le poids d'une pierre, qui m'entraîne vers le fond. Il faudrait regagner la surface. Mon frère aussi repousse l'échéance. On a commencé à l'évoquer ensemble, mais on continue de se planquer derrière un calendrier, un confinement, une météo ; mieux vaut attendre encore.

38

Un soir d'avril, je vais chez ma mère, passer une nuit. Yann est reparti à la pêche au thon. L'océan Indien est son horizon pour deux mois. Le large des Seychelles. Nous sommes convenues, ma mère et moi, qu'elle garderait Léonie pendant les vacances scolaires. Je vais pouvoir m'autoriser un peu de répit au milieu de ces semaines où je fais comme je peux pour être à la fois mère, père, jouer tous les rôles, combler tous les manques. Costumes beaucoup trop grands pour moi, dans lesquels je m'empêtre. Je sais que ce n'est pas encore le moment de parler à ma mère, j'attendrai qu'Étienne soit à mes côtés. On partage ça maintenant, on lui parlera ensemble. Après le dîner, je veille jusqu'à ce qu'elle s'endorme, pour ouvrir des cartons, stockés dans le coin de la chambre où j'ai couché ma fille. Tout ce qu'il reste de l'appartement de mes grands-parents s'y trouve. Léonie dort, j'entends sa respiration. J'allume la lampe de mon téléphone. Dans les cartons : des bibelots en ivoire, des pièces de monnaie dans une boîte à cigares, une coupelle en métal, des photos – deux gamins blonds, dans les sept ou huit ans. Ma mère et Olivier. Un cocotier indique que le cliché est pris en Afrique. Douala, à la fin des années 50. Dans un autre carton, un album vert foncé, celui du mariage d'Olivier. Sur les quinze premières pages environ, les clichés vus chez mon père ; sur les dernières pages, la série avec les photos de l'avion à Belle-Île. Elles n'exercent plus sur moi la même attraction. J'ai l'impression qu'elles m'ont déjà tout dit.

La dernière page me ramène le cliché du cadre au verre sans bord. Je le reconnais immédiatement. Je reste un moment à en regarder le détail : découvrir ce que ma mémoire n'a pas conservé. Les chaussettes rouges assorties au pull. Les chaussures à lacets marron. Une chemise à carreaux. À l'arrière-plan, le paysage coïncide avec celui de Loctudy : le chemin de terre et la maison qui fait face aux deux rangées de maisons mitoyennes. Au dos, l'écriture penchée de ma grand-mère : *20 octobre 1975, Olivier en Bretagne, avec Ludo, deux mois.* Le chien, plus petit que dans mon souvenir, a le poil blanc. Sur la photo, il paraît frêle et je l'envisage pour la première fois comme une projection du bébé qu'ils n'ont pas eu le temps d'avoir. Je vois le regard attentionné d'Olivier sur lui. Il ne regarde pas l'objectif, mais l'animal. Deux autres photos inscrivent celle-ci dans une série, que j'ignorais. Sur l'une d'elles : mon oncle, accroupi dans l'herbe, tient le chiot par les pattes avant, comme s'il voulait le faire avancer. Ludo, debout sur son arrière-train, de la hauteur d'un bébé en âge d'apprendre à marcher.

Dans le carton, encore : une série de Photomaton, noir et blanc. En six poses, Olivier y passe du sourire espiègle au sérieux sombre. Une enveloppe, marquée à l'encre bleue : *amies d'Olivier.* Dedans, des photos de jeunes femmes. Plusieurs. Des jolies filles. Des blondes, des brunes. L'une a la coupe de cheveux de Mireille Mathieu, l'autre tient une cigarette. Des inconnues. Des scènes. Un slow, une mélodie jouée au piano, l'attente sur un banc public. Dans une seconde enveloppe : une série au ski. Olivier et une femme, à la montagne, un hiver. Mon oncle porte une toque en fourrure. Sur l'un des clichés, Olivier et cette femme se tiennent allongés dans la neige, l'un contre l'autre, les yeux fermés, tournés vers le ciel. Je suis frappée par la sérénité qui s'en dégage, mais je ne reconnais pas Yvonne. En reprenant l'enveloppe : un nom et une date, *Monique – décembre 74*.

Sous la lumière du plafonnier de la salle de bains, je me repasse les clichés et les envoie à Étienne. Des messages-photos, accompagnés de questions. Décembre 74, un an avant leur mariage. Quand a-t-il vraiment rencontré Yvonne ? Est-ce que leur mariage n'a pas été précipité ?

39

En 74, le selfie n'existait pas. Sur les photographies d'Olivier au ski, Étienne a fini par remarquer, dans un angle, un second jeune homme : Pierre-Alain. On décide de lui parler à nouveau. Paf doit rentrer en région parisienne pour des examens médicaux. Il quitte sa maison de Bourgogne pour retrouver quelques semaines son appartement à Meudon. On coordonne nos agendas et on convient d'enfreindre le couvre-feu : j'invente un tournage de nuit, une autorisation pour circuler après 20 heures.

Pierre-Alain nous remet trois cassettes, enregistrées après la mort d'Olivier. Il a pensé que je pourrais les numériser. Ça lui ferait plaisir de retrouver ces morceaux. Leurs tubes. Il me tend une enveloppe kraft.

— J'ai retrouvé ça aussi. Je ne sais pas si ça peut t'intéresser, ce sont des lettres d'Olivier. J'ai la manie de tout garder, je tiens ça de ma mère. On s'écrivait pas mal avec ton oncle. Tu sais, à l'époque, on n'avait pas le téléphone.

Ce soir-là, Pierre-Alain parle peu. Quelques jours plus

tard, il trouvera les mots qui avaient du mal à se frayer un chemin et nous écrira trois pages intitulées : *Oraison pour Olivier et Yvonne.* Le silence du canapé se dépliera en longues lignes tapées à l'ordinateur. Le chagrin de la perte ne cesse d'exercer sa force d'attraction par-delà les années. Ses mots, on dirait des lucioles venues du passé, après avoir veillé les morts d'hier. L'émotion est intacte. Puissante. Une vague qui roule depuis le milieu des années 70 pour se fracasser à nos pieds. Il évoque quelques souvenirs heureux, puis la sidération qui les a saisis, une semaine après le mariage d'Olivier et Yvonne. Il tente de décrire la façon dont cet événement a marqué la vie de ceux qui les ont connus : *pour la plupart d'entre nous, comme foudroyés, se sont alors imposés un long mutisme et un temps de reconstruction.*

Après la soirée chez Paf, on rentre en voiture jusqu'à l'appartement d'Étienne dans le quinzième arrondissement. Il m'héberge une nuit avant que je reprenne le train. On ne pense ni aux attestations, ni au couvre-feu, ni au repas qu'on a sauté. Il est 22 heures, on roule sans parler, ensemble. Chacun dans ses pensées flottantes. Chacun dans ses fantasmagories recomposées d'Olivier et Yvonne. Il a mis la musique du téléphone sur l'autoradio. Une version instrumentale. Agnes Obel, je dirais. Le morceau tourne en boucle. Aucun de nous ne réagit pour modifier le mode de lecture. Le piano accompagne Paris qui défile sur les vitres, dans la nuit. Nos fantômes dansent sur leurs reflets. Le parc André-Citroën à l'arrière-plan. Au loin, un avion trace une ligne blanche dans le violet du ciel. C'est doux, ce soir, cette traversée de la ville, tous les deux, sans les mots. Les violons soutiennent le piano. Je pense à notre mère, soudain. Cette maman de chagrin, enveloppée dans son manteau noir. Notre mère inaccessible. Elle nous a tant aimés, malgré la fêlure. Est-ce qu'on y arrivera, Étienne, à lui parler ? C'est fou, toutes ces paroles, si longtemps retenues, qui se pressent sur nos langues. Est-ce que ce sera encore possible de lui faire ôter son grand manteau de silence ? Lui enlever, la prendre dans nos bras et la serrer tellement fort que ça fera mal. Enfin, lui dire qu'on est avec elle, que rien n'est de sa faute, qu'elle a fait comme elle a pu, qu'on ne lui en veut pour rien, et même pas pour les mots pas prononcés. Elle a voulu nous éviter le fardeau en le taisant. Ou peut-être qu'elle n'a rien voulu du tout. Elle a simplement essayé d'avancer, comme elle a pu, avec ses morts sur le côté du chemin. Son silence, son refuge, pour ne pas exploser en plein vol, elle aussi. Son silence, ce paquet d'impossible coincé au fond de sa gorge.

On n'aurait sûrement pas fait mieux, Maman.

40

Dans le train du retour, je plonge dans l'enveloppe kraft A4. Des échanges épistolaires, pour organiser les vacances, ou simplement se donner des nouvelles. Des messages, comme aujourd'hui on écrit des textos, pleins de fanfaronnades d'histrion. Le quotidien, raconté à l'ami de toujours. La banalité vernie d'une gloriole malhabile. L'amour, le travail, les doutes parfois. À travers la correspondance de mon oncle, j'ai accès à bien plus qu'une image sur papier glacé. Il prend corps, il prend voix, il prend vie. J'entends sa *tchatche*. Mon émotion enfle à la vitesse du TGV. Ces lignes au stylo plume m'offrent aussi une chronologie. Je reconstitue les morceaux du puzzle. Au fil des dates et des événements évoqués, tout prend sa place. Yvonne apparaît, au détour d'une missive de 1973, au retour du séjour à Cadaqués. D'abord évoquée en pointillé, puis de plus en plus présente. J'apprends que mon oncle a vécu quelque temps à Nantes, avant de rejoindre Rennes et Pontivy. Il rentrait à Pont-l'Abbé les week-ends, retrouver Yvonne, qu'il appelait, ici et là, *ma petite Bigoudène*. Au bas de quelques lettres, Yvonne prenait la suite. J'y découvre un peu de celle qui signait : *la maîtresse d'Olivier*.

En arrivant chez moi, je sors d'un *flight case* dans lequel je stocke du matériel un radiocassette. Il dort auprès de quelques autres antiquités, qui me servent parfois à remonter le temps, pour des projets sonores. Dans l'étui plastique, je prends la cassette Philips C-60 2 × 30 minutes, marquée *OLIVIER 1*. *OLIVIER 1* est suivie de *OLIVIER 2* et *OLIVIER 3*. Je reste un moment à imaginer Paf en train d'enregistrer ces cassettes. Toute l'urgence de son geste se découvre là : dans le titre laconique, lettres majuscules et feutre rouge. Il avait tenu à graver quelque chose de son ami sur de la bande magnétique ; il savait que ce serait plus fiable que la mémoire.

Il n'a pas eu tort. Quarante-cinq ans après, le radiocassette Philips crache un son intact. La bande-son de leurs fêtes, de leurs virées, de leur jeunesse, se dévide dans mon studio à l'acoustique ouatée. Les Beatles, les Stones, les Surfs, Elvis, Johnny, Sylvie Vartan : ils sont tous là. Une bande de loulous qui hurlent la vie rock'n'roll et twistent pour l'éternité. Mon oncle continue de danser. J'appuie sur la touche triangle pour lancer la lecture, et Olivier se déhanche, *Da Doo Ron Ron*.

41

Quand elle apparaît, le chiot lui saute dessus. Yvonne tire les rideaux de la fenêtre à côté de la porte, dépose les clés sur la table, allume le transistor du salon et se laisse tomber sur une chaise en osier. Ludo la regarde en couinant. Pénombre de fin de journée : ce soleil des derniers jours d'octobre, qui bascule déjà vers l'horizon. La vaisselle d'hier est encore dans l'évier. Il faudrait qu'elle range, avant le retour d'Olivier, ce week-end. Mais d'abord, prendre un bain.

Les actualités débitent les nouvelles d'un monde encore lointain. En une semaine seulement, quinze mille lignes de téléphone raccordées à Paris, annonce Aymar Achille-Fould. La voix du secrétaire d'État aux PTT se félicite de l'avancée des travaux puis se perd sous l'eau qu'Yvonne fait couler. Elle attend le chaud pour fermer la bonde. Se déshabiller. Laisser au sol les vêtements de la journée. Le tiède qui ramollit la peau. Elle remonte ses cheveux sur le haut du crâne pour s'allonger. L'eau chatouille le cou. Elle ferme les yeux, revoit les couloirs de l'hôpital, entend à nouveau les cris de douleur de la femme. Le fœtus expulsé, recroquevillé, sur leur plateau d'infirmière ; ça, elle ne l'oubliera pas. La peau encore transparente, mais le corps déjà formé. Une fille. On aurait dit une poupée miniature. Est-ce qu'elle en aurait, elle aussi, des enfants, bientôt ? Les rêves se dissolvent dans la chaleur de la salle de bains et viennent mourir sur le carrelage orange avec le motif en cercle marron. D'abord, penser à ce mariage. Et si la mère d'Olivier ne l'acceptait jamais ? Peut-être qu'elle n'est pas assez.

Plus tard, Yvonne relâchera la bonde et l'eau s'engouffrera dans le siphon en emportant ses larmes.

42

Ça, c'était mon Yvonne. Voilà.

Nicole montre du doigt la quatrième photo de la série. Sur la première, elle ne la reconnaît pas bien. La Yvonne du mariage semble trop apprêtée. Elle a quitté ses grandes lunettes de myope. Sa chevelure blonde, lisse sur le haut du crâne, s'achève en courbes travaillées pour l'occasion. Une fleur blanche relève une mèche sur le dessus de l'oreille gauche. Nicole la retrouve mieux dans les cheveux épars et raides du cliché où on la voit, mal cadrée, ouvrir la portière d'une R5 beige.

Nicole Kerdual a fini par m'apparaître. L'autre témoin du mariage d'Olivier et Yvonne, l'infirmière de l'adresse à Pont-l'Abbé, avait enfin émergé du brouillard. Les sables mouvants me l'avaient recrachée sur la rive, un matin.

La semaine précédente, j'avais posté les factures de frais de matériel de mon atelier sonore au lycée maritime du Guilvinec. J'avais terminé le projet depuis plusieurs semaines déjà et j'en bouclais les formalités administratives. Je devais adresser les justificatifs manquants à la comptabilité du lycée. Au moment de chercher le code postal du Guilvinec pour l'inscrire sur l'enveloppe, j'avais eu un doute. J'avais tapé : *Lycée maritime du Guilvinec*. L'écran avait répondu : *Avenue Jos Quiniou, 29730 Treffiagat*. Les pixels qui forment le mot *Treffiagat* s'étaient détachés. J'avais cherché une *Nicole Kerdual* au service de l'état civil de la mairie du Guilvinec et de Pont-l'Abbé. J'étais même allée vérifier à Quimper, au cas où. Mais pas à *Treffiagat*. Je n'avais pas compris qu'il y avait une mairie à cet endroit. J'avais pris Léchiagat et Treffiagat pour des quartiers du Guilvinec ; c'étaient des communes distinctes.

La femme que je cherchais était née et s'était mariée à Treffiagat. Le registre d'état civil m'apprenait que Nicole Kerdual s'appelait désormais Nicole Lebraz. L'annuaire avait fait le reste.

Elle a le regard tendre, mais l'émotion est là, tapie dans la voix de Nicole. Accueillir la nièce d'Yvonne et Olivier, des années après, elle ne l'aurait jamais imaginé. Elle me fait pénétrer dans sa maison bâtie en bordure de la commune de Penmarc'h, limitrophe du Guilvinec. Nicole a fait sa vie là, et toute sa carrière à l'hôpital de Pont-l'Abbé, où son amie Yvonne l'a laissée continuer seule.

On s'assoit dans une cuisine ultramoderne et elle parle tout de suite. Les mots carambolent. *Moi je voulais partir avec eux. J'ai été traumatisée à vie.* Les phrases m'arrivent comme des coups et me laissent groggy. La culpabilité l'a suivie jusque-là, comme un clébard. Elle a *tellement regretté de les avoir laissés partir tous les trois, de ne pas les avoir accompagnés*. J'entends la honte de ceux qui restent. Le pourquoi eux et pas moi. Depuis toutes ces années, les questions, demeurées insolubles, dans le fond du ventre. Quelque chose de *tellement. On appelle ça le crash, mais moi je dis le crash de ma vie aussi*. Nicole lance ça avec précipitation, comme une faute qu'elle voudrait m'avouer sans tarder.

Elle déroule pour moi le fil des événements. Elle vient rectifier encore les représentations que je me suis forgées. Ma fiction du 4 janvier 1976. Celle que j'ai élaborée au fil des recherches. Faite de suppositions, parfois.

Nicole me raconte Yvonne. Leur complicité, née à l'hôpital où elles étaient infirmières. Elle avait commencé là-bas en 72. Yvonne y travaillait déjà. Nicole dit l'amie qu'elle a trouvée. Elle parle du couple, *Olivier Yvonne*. C'était pas *du chiqué*. Lui était fougueux, on voyait qu'il l'aimait profondément. Un amour sincère, vif, démonstratif. Il la prenait par le cou. Il l'embrassait souvent. Elle, plus timide, minaudait un peu. Terriblement amoureuse, bien sûr. Elle évoque le conflit des familles aussi. Deux mondes. Le pays bigouden et ses traditions, la famille de pêcheurs, et l'autre famille, visiblement plus… Enfin plus. Manteau de vison et clope au bout des doigts, ongles longs et rouges sur les photos du mariage, ma grand-mère, qui était déjà passée à la couleur à cette époque-là, tranchait avec les Bigoudènes en noir et blanc. Le heurt inévitable entre les deux, dans la

France régionalisée des années 70. Elle se rappelle. Yvonne blessée de ce rejet des parents d'Olivier. Mais la discorde aussi, avec la propre mère d'Yvonne. La Bigoudène. Juchée sur ses principes. Issue d'une famille de dix-huit enfants. Par chance, elle n'avait eu que quatre filles. Quatre bouches à nourrir en plus d'elle et son mari. Elle se levait tous les matins à 3 heures pour coudre des vareuses de marin et faire rentrer de l'argent. Le père partait à la pêche en mars. Il rapportait du maquereau dans ses filets jusqu'en octobre. Après, la saison était terminée : plus de sortie en mer et plus de paye. Les filles étaient toutes parties à l'usine après le certificat d'études, sauf la dernière, Yvonne, qui avait bénéficié de sa position de benjamine pour continuer jusqu'à l'école d'infirmière, à Quimper. L'institutrice avait insisté, les autres sœurs étaient déjà en âge de se débrouiller, les parents d'Yvonne avaient fini par y consentir.

Mais la mère Le Gall n'avait jamais accepté qu'Yvonne vive déjà avec Olivier. Sous le même toit. Est-ce qu'elle se rendait compte ? Et sa réputation ? Est-ce qu'elle couchait avec lui ? Avant le mariage ? Ce n'était pas comme ça qu'elle avait élevé ses filles. Fallait pas venir pleurer après. C'était ça le monde d'Yvonne. On était en 1975. 68 n'était pas passé par toutes les portes. *C'était lourd ici, tu sais,* dit Nicole.

Elle raconte la fête. Le mariage, au manoir de Kernuz. Elle se souvient de la pièce montée. Une petite fille en robe à fleurs, nièce d'Yvonne, avait dansé toute la nuit avec ma grand-mère. Les enfants pouvaient enjamber les barrières sociales avec tant de grâce.

Nicole avait rencontré Daniel Guillou peu de temps avant. Il faisait partie d'une bande d'amis d'Yvonne. Pas des amis très proches. Elle ne les voyait pas souvent. Yvonne avait bien remarqué que Daniel tournait un peu autour de Nicole : une ou deux fois, il l'avait invitée. Alors Yvonne avait pensé à son amie qui n'avait pas de cavalier pour le mariage. À la dernière minute, la future mariée avait proposé d'ajouter Daniel à la liste des convives.

Je lui fais passer les photos couleurs dans la pochette étiquetée *78 francs 30, la Lunetterie de Poitiers, Original soirée mariage O. & Y.* Parmi les clichés noir et blanc : le visage de Daniel Guillou sur papier Kodak. Il apparaît coupé par le cadrage, sur le bord gauche de la photo, lèvres rentrées et menton proéminent. Cravate écossaise dans le style de celle que porte le marié. Il a les larges lunettes aux verres fumés que je lui connais quand il pose aux commandes du Jodel DR380. Plein cadre sur le reste de cette photographie, on voit ma mère, à gauche, et Yvonne, à droite, les deux belles-sœurs. Elles ont le même sourire aux dents blanches qui contraste avec le noir de la photo.

Nicole me regarde avec un air plus sombre.

— C'est au mariage que Daniel m'a demandé comment il pourrait remercier Olivier et Yvonne de l'avoir invité. C'est là qu'il a pensé à leur proposer.

Il pourrait les emmener dans les airs le dimanche suivant, comme pour un cadeau de noces. Nicole parle lentement désormais. Elle m'explique avec soin. J'écoute, incapable de dire quoi que ce soit. Ce n'est plus une conversation, c'est une confession, qui déplie le tragique de l'accident de mon oncle et ma tante. C'est douloureux. Ça me donne le vertige, pour elle, pour ma mère, pour moi, pour nous tous. Le cadeau de mariage était empoisonné. Et le poison descend lentement dans mes veines. Il me parcourt progressivement le corps. Les mots qu'elle prononce livrent, à petites doses, leur substance toxique. Ce serait donc leur baptême de l'air. Ça tombait bien, il venait d'obtenir son brevet de second degré. Il était autorisé à emmener des passagers avec lui. Nicole s'était réjouie. Yvonne et Olivier adoreraient l'idée. Une fois, Daniel l'avait emmenée. Quelques semaines plus tôt. Nicole l'avait retrouvé à l'aéro-club de Quimper Cornouaille et elle était montée dans un Jodel quadriplace. Il y avait Daniel et son instructeur. À cette époque-là, Daniel était en double commande. Elle se souvient de l'impression qui lui avait soulevé le cœur quand l'avion avait pris son envol. L'excitation lui avait parcouru le dos. Daniel lui avait soudain beaucoup plu. Au sol, il lui paraissait terne, un peu renfermé. Il avait toujours un air timide, comme par peur de déranger. Il était gentil, ce n'était pas le problème. C'était autre chose. Elle ne savait pas dire quoi exactement. En tout cas, elle s'y voyait déjà : ils iraient tous les quatre, les jeunes mariés, Daniel et elle, ce serait *du tonnerre*.

Après le mariage, Nicole avait passé la soirée du nouvel an avec le couple. Et puis, le samedi après-midi 3 janvier, elle s'en souvient très bien, sœur Marie du Bon Pasteur l'avait appelée chez elle, sur le téléphone qu'elle venait de faire installer quelques semaines plus tôt. *Non non, ma sœur*, ce ne serait pas possible demain dimanche, elle avait prévu une sortie à Belle-Île avec Yvonne, c'était un baptême de l'air pour fêter les noces de son amie, elle ne pouvait pas annuler. La sœur pourrait peut-être trouver quelqu'un d'autre pour ce remplacement de dernière minute ? Sœur Marie n'avait qu'à appeler Claudine ou Anne-Marie. Claudine et Anne-Marie ne pouvaient pas non plus. La sœur les avait déjà appelées.

Le soir, elle avait pris sa 2 CV verte et s'était rendue à Loctudy. Le vol, ce serait sans elle : elle était rappelée à l'hôpital. Yvonne avait d'abord dit qu'elle ne partirait pas sans Nicole, qu'il fallait remettre à plus tard. Olivier était embêté, il était vraiment tard pour prévenir Daniel, ils avaient rendez-vous le lendemain à 9 heures, à l'aéro-club de Cornouaille. Il se faisait une joie. Nicole avait dit que c'était leur cadeau de mariage, après tout : il fallait qu'ils y aillent tous les deux, avec Daniel. Elle avait insisté. Et puis il y aurait d'autres occasions pour faire un vol tous les quatre. Yvonne avait fini par céder. Ils avaient bu du vin rouge tous les trois, en écoutant quelques vieilleries qu'ils aimaient, sur le tourne-disque. Paul Anka et son *Crazy Love* avaient clôturé la soirée et Nicole était rentrée.

Le soir suivant, quand son père et son frère étaient venus frapper à la porte, Nicole avait tout de suite su.

L'avion était tombé dans sa vie. Une effraction au milieu de ses vingt-deux ans. Nicole avait eu besoin de se retirer plusieurs semaines chez les moines, à Landévennec. Elle y avait trouvé un peu d'apaisement. Ensuite, elle avait toujours considéré qu'elle était en sursis. La vie lui avait accordé un surplus d'existence, qu'elle avait eu du mal à accepter. Ça pesait, cette impression d'avoir mené ses amis à la mort. Plus tard, elle avait rencontré Thierry. En le voyant, elle s'était souvenue qu'elle l'avait déjà croisé, une première fois, des années plus tôt, sur le parking de l'hôpital. Elle avait retrouvé les sabots de bois qu'il portait ce jour-là et la remarque d'Yvonne qui le connaissait depuis l'enfance. Yvonne avait dit à son amie : *je te verrais bien avec un gars comme Thierry*. Ça l'avait fait sourire, Nicole. Des années après, la boutade était devenue prémonition, et l'union de Thierry et Nicole s'était scellée à la mairie de Treffiagat. Ma tante n'était plus là pour leur glisser un clin d'œil à la sortie de la cérémonie ce jour-là, mais dans la robe blanche, au bras de son nouvel époux, Nicole avait pensé à ce qu'Yvonne aurait pu lui dire. Par-delà les années, qui amenuisaient les souvenirs, elle continuait son dialogue imaginaire avec celle qui avait été l'amie, la confidente, la bonne étoile. La fulgurance de l'amitié écourtée y était sans doute pour quelque chose. La mort avait rendu Yvonne indispensable à la vie de Nicole.

Quand j'ai appelé la semaine dernière, elle a tout de suite pensé que c'était incroyable, cette coïncidence. À quelques semaines près, le dossier aurait encore été là, chez elle. Pendant très longtemps, Nicole avait conservé une chemise cartonnée qui contenait toutes les traces de cette histoire : des photos d'Yvonne, les coupures de presse de son accident, et même une correspondance avec ma mère. Après l'enterrement, Sylvie et elle avaient échangé quelques lettres. Comme si envoyer la douleur sous enveloppe par la poste en diminuait le poids. L'écrire, peut-être. Elle avait gardé ce dossier, à l'hôpital d'abord, dans son casier, pour le tenir à distance. Ça l'avait suivie tout ce temps, jusque dans le bureau où elle avait terminé sa carrière hospitalière. Elle avait d'abord pris le poste d'infirmière référente qu'aurait dû prendre Yvonne, à son retour de vacances, après le mariage. C'est Nicole qui l'avait finalement remplacée. Et puis elle avait gravi progressivement les échelons. Une quarantaine d'années plus tard, elle avait vidé son bureau : retraite anticipée. Elle s'était toujours dévouée au soin des autres, elle pouvait bien s'occuper d'elle et des siens. Elle avait fini par rapporter la chemise cartonnée violette chez elle.

À quelques semaines près, elle se serait encore trouvée là. Avant Noël, elle avait profité du nouveau confinement pour faire un peu de tri, dans le meuble de la véranda. En tombant sur le dossier, elle s'était dit qu'il n'y avait pas vraiment de raison de le transmettre à ses enfants. Cette blessure la regardait. Elle leur en avait parlé, bien sûr. Chez elle, la parole s'était frayé un chemin. Les mots avaient charrié les morts. Les enfants de Nicole les avaient bien connus, ces absents. Yvonne aurait peut-être été une marraine. Mais après ? Il était temps de liquider ces vieux papiers. Elle avait tout mis dans de grands sacs-poubelle noirs. Pendant qu'elle en parle, j'essaye de retrouver mentalement l'enchaînement de mes recherches. À quelle époque avais-je commencé à chercher Nicole Kerdual ? Novembre dernier. Quand j'avais découvert son nom, inconnu jusqu'alors, sur l'acte de mariage.

Le film des événements était donc encore différent de celui que j'avais imaginé jusque-là. Nicole m'en apporte des détails qui rendent l'histoire de mon oncle et ma tante encore plus tragique, encore plus déchirante, encore plus conne. Comme Hervé avait dit : *c'est vraiment trop con*. Quels accidents ne le sont pas ? J'avais en tête une photo du 27 décembre 1975 : l'image du couple de jeunes mariés, sourires immenses, les mains réunies sur le manche du couteau, prêts à découper la pièce montée du mariage. Le tranchant de la lame brillait entre eux, bien au milieu sur le cliché.

Je laisse les larmes couler pendant que Nicole me livre *son* histoire d'Yvonne et Olivier. Son morceau de mémoire vient compléter le puzzle. Je baisse la tête quand je sens l'humidité sur mes joues. Nicole continue de raconter. Sa voix déraille légèrement. En regardant le sol, mon regard se pose sur ses chaussures. La retraitée porte les mêmes Pataugas que celles que j'ai vues aux pieds de ma mère, dans son appartement. Et leurs visages se superposent. J'ai l'impression que les mots de Nicole pourraient être ceux de ma mère, si elle pouvait parler. Le crash dans sa vie. L'absurdité de l'existence qui avait surgi comme un *Jack-in-the-box* pour lui attraper la gorge. Et mes larmes redoublent. Elles glissent sans bruit. Le tranchant du couteau du mariage d'Olivier et Yvonne me découpe la peau en profondeur, là, dans la cuisine.

43

Est-ce qu'Yvonne était enceinte ?

J'explique à Nicole ma rencontre avec Thérèse puis Serge Le Guen, de Traoudec. Ils avaient pensé ça. La rumeur avait circulé. La mère Le Guen avait bien vu le fœtus, dans les entrailles arrachées, à l'intérieur de la pièce. D'abord, Nicole ne répond pas. Elle prend son temps. Elle convoque ses souvenirs. Là où sa mémoire s'arrête, elle recompose avec ce qu'elle connaît de son amie, comme un peintre restaurerait un tableau d'après les couleurs autour de la zone abîmée.

— Je ne pense pas, Alice. Ça m'étonnerait. Je pense qu'Yvonne aurait été tellement heureuse d'attendre un enfant qu'elle m'en aurait parlé tout de suite. Après, je peux me tromper. Je crois aussi qu'Yvonne était une femme qui voulait faire les choses dans l'ordre. Le mariage d'abord. Les enfants dans un second temps.

Mais elle ne pense pas que le mariage avait été un peu précipité ? Cette date, quand même. Un 27 décembre. Nicole réfléchit encore. Non, ce n'est pas l'impression qu'elle en a eue, à l'époque. Nicole raconte un souvenir. Une fois, à l'hôpital, Yvonne et elle s'étaient occupées d'une femme qui *s'était mise une aiguille à tricoter*. On ne pouvait pas oublier ces choses-là. Elles avaient parlé : Yvonne lui avait dit qu'elle prenait la pilule. C'était même Claudine, qui était déjà mariée, qui lui donnait la prescription de son médecin.

Avant de repartir, elle et moi, on pourrait aller sur leur tombe ? Nicole aimerait ça. Ce n'est pas loin. Elle serait vraiment heureuse qu'on y aille toutes les deux, moi, la nièce, elle, l'amie. Elle ne saurait plus retrouver le chemin pour aller jusqu'à eux, ça fait si longtemps qu'elle n'y est plus retournée. Elle n'aime pas les cimetières. Quand son tour viendra, elle veut qu'on l'incinère. Les morts restent bien assez dans l'esprit de ceux qu'ils ont quittés. Pas besoin de les matérialiser dans une allée gravillonnée. Elle a raison, Nicole. Ils sont avec nous, nos morts de toujours. Ils nous accompagnent partout. Je ne les ai pas connus ; pourtant ils sont là, Olivier et Yvonne. Et puis, après, on irait voir les champs de jacinthes en fleur, elle voudrait me les montrer.

On est allées au cimetière dans le soir tombant. On s'est retrouvées, elle et moi, devant ce bout de pierre. Il m'en est resté l'odeur des jacinthes de l'instant d'après.

44

J'avale les kilomètres du retour, laissant derrière moi la tristesse qui m'a serré le cœur tout l'après-midi. Je repense à cette consolation, à laquelle Nicole m'a dit s'être accrochée : ils sont partis ensemble, en plein cœur de la fête. Le crash : leur dernier coup d'éclat. Même s'ils avaient dû voir leur mort arriver, quelques secondes ou quelques minutes avant, ils avaient fait la dernière pirouette ensemble.

Nicole avait ajouté : *j'ai souvent pensé à ta maman, après. Toute la peine qu'elle a dû avoir.* Elle savait que ma mère était très proche de son frère, qu'ils avaient grandi ensemble, à l'étranger. Olivier lui en avait parlé. Ma quête me faisait me retrouver face à moi. Je revoyais la petite fille que j'avais été. Je l'apercevais, là, sur mon chemin, avec le regard d'aujourd'hui. Je découvrais mon inconscience de gamine. Jamais, dans mon enfance, je n'avais pu sonder le chagrin de ma mère. L'enfant que j'avais été, née *après*, appartenait à un monde qui niait Olivier. Rien ne pouvait me signaler mon manque de discernement ; Olivier était absent de notre monde d'enfants, on n'en parlait jamais : il n'existait pas. Au fil des recherches, j'avais commencé à m'en rendre compte. Isabelle avait dit qu'avec ses sœurs, elles avaient continué à parler de Vonnette, comme si elle était là. Toutes les familles ne choisissaient donc pas le silence. Ma mère, elle, n'avait pas d'autre frère ou sœur. *Toute la peine qu'elle a dû avoir* et la solitude dans laquelle elle s'était retrouvée emmurée. Je repense à la sœur de mon ami Léo. J'avais su, plus tard, qu'elle avait fait de longs séjours en hôpital psychiatrique. Elle était devenue, elle-même, morte parmi les vivants, un squelette d'à peine trente-cinq kilos, errant dans des couloirs qui sentaient la Javel. La mère de Léo, que j'étais retournée voir plusieurs années après, m'avait confié son impuissance à aider sa fille. Son incapacité, aussi, à partager la douleur avec son mari. Ils avaient subi la même perte, celle de leur enfant, mais aucune douleur n'est soluble dans la similitude. Aucune relation n'est semblable à une autre. *On est souvent seule avec son chagrin*, elle avait dit, en refermant la porte de la chambre de Léo, que j'avais demandé à revoir. Ma mère avait été seule avec son chagrin et je le découvrais. Ça faisait mal comme quelque chose qui n'aurait pas dû nous échapper. De la tristesse à rebours. De la peine a posteriori.

45

Le soir, en rentrant de chez Nicole, j'appelle Étienne pour lui raconter. Je sens, dans son émotion, le reflet de la mienne. Chaque fois que j'ajoute un détail, il s'enfonce un peu plus dans la forêt sombre qui apparaît. On avait pris l'histoire d'Olivier et Yvonne pour un arbre gris, à l'horizon du chemin, derrière nous ; c'est une forêt épaisse, tout autour. Une masse noire qui plane. Nous marchions sous ses feuillages sans l'avoir jamais su. Nous ne l'avions pas vue. Nous ne pouvions pas la voir.

Ce qu'on a laissé dans l'angle mort de notre vie en est, en réalité, un événement fondateur. Il innerve les êtres que nous sommes devenus. Le chemin pour le comprendre était long. Il n'allait pas de soi. Au fil de nos découvertes, Étienne et moi, on a essayé d'informer notre frère et notre sœur. Adrien et Sarah s'obstinaient à ne pas saisir l'intérêt de cette recherche. Ça inquiétait même notre sœur. On ne pouvait pas lui en vouloir. Nous non plus, nous n'avions pas su voir l'épaisseur du silence qui entourait Olivier et

Yvonne. On ne décelait pas la couche blanchâtre qui les recouvrait. Depuis toujours, on était dans le brouillard avec eux. Adrien se tenait parfois informé de nos avancées. Il en prenait connaissance sans voir le remous sur nos rivages. L'histoire ne semblait toujours pas le concerner.

Étienne et moi, on avait avancé dans l'opacité. On avait remonté le temps, mus par un besoin physique, une pulsion. On ne pouvait plus se contenter de la petite phrase, à propos de l'oncle et de la tante. L'accident d'avion des jeunes mariés, qui ne nous regardait pas. Aujourd'hui, on ne pouvait plus le nier, cette histoire nous concernait pleinement. Sur Étienne avait toujours plané l'ombre de l'oncle disparu. La grossesse de ma mère avait débuté à peine trois mois après l'accident. À sa naissance, mes parents lui avaient choisi pour parrain le meilleur ami d'Olivier, témoin du mariage. Il avait évité de justesse d'hériter du prénom de l'oncle disparu. Ça permettait de rendre l'évidence moins saisissable. Mon lien avec l'histoire d'Olivier et Yvonne paraissait moins direct, et pourtant. Au fil de l'enquête, j'avais pu me rendre compte à quel point ma vie était magnétisée par ce pôle dérobé. Je vivais en Bretagne, avec un marin. J'avais rencontré au hasard de ma vie des gens qui travaillaient à l'hôpital de Pont-l'Abbé à la même époque qu'Yvonne. J'avais vécu dans une famille où le silence avait régné si longtemps, et lorsque je présentais mon métier, je disais le plus souvent : *je fais du son.* Je *fais du son* comme d'autres *font de la musique.*

Au téléphone, je raconte tout à Yann. Tout m'apparaît enfin. Je reprends pied dans mon vertige. Cette histoire m'a forgée. Il y a tant de choses que je n'ai jamais pu expliquer dans mon comportement. Mon goût immodéré pour le secret découvre enfin sa racine. J'ai baigné dedans depuis l'enfance. Toute ma vie, je n'ai fait que reproduire du secret. J'ai aimé ses plis. Cacher. Ne pas dire. Être inaccessible. Invisible. À vingt ans, j'avais passé le concours d'une grande école, en candidate libre. Je ne l'avais dit à personne. Même pas aux parents. Puis une agrégation. Personne ne l'avait su non plus. Un peu après, j'avais changé d'orientation et passé le concours d'une école de son. Une fois les concours réussis, j'annonçais invariablement à mes parents et amis la nouvelle, comme autant de lapins sortis du chapeau. Ils avaient fini par s'habituer.

Le secret constitue mon corps. Mes cellules fabriquent du silence. Elles sont faites comme ça.

46

Combien de fois, depuis septembre, depuis le début de cette recherche, ai-je imaginé un dialogue avec ma mère ? Le silence, qui a pris source dans la nef de l'église, à la cérémonie d'enterrement, peut-être avant, dès l'annonce de l'accident, s'est prolongé jusqu'à aujourd'hui. Il est devenu la pâte dont est faite mon existence.

Un soir, avant d'aller dîner chez des voisins, j'apporte des corrections au déroulé d'un stage sur l'art de la prise de son, que je dois donner en mai. Ce n'est pas la première fois que j'enseigne : je reprends des notes, rédigées l'an dernier. Dans un paragraphe dans lequel je tente de définir les qualités du preneur de son, je tombe sur cette formule : *savoir faire parler les silences.* Soudain, je la lis autrement. Elle résonne. Je suis le fruit d'une histoire familiale faite de silence, et j'en suis venue à être preneuse de son : celle qui sait se taire pour écouter. À travers le casque. Avec mes oreilles. Et tout mon corps. Quand j'enregistre, chaque pore de ma peau est dans cette tension-là. Je connais bien cette sensation. Prendre du son, j'ai cherché ce que c'était. Quand on est loin de chez soi pendant plusieurs mois, quand on est seule, en mer, ballottée par les éléments. Quand on est sans repère : est-ce qu'on écoute autrement ? Plus bas dans le document Word, je retrouve cette citation de Claudine Nougaret. Je me souviens de l'avoir lue, un soir, dans *Dégager l'écoute*, et recopiée : « On n'entend pas simplement avec les oreilles, mais avec la tête, on entend avec le ventre et avec les pieds, on entend avec le dos. C'est tout le corps qui vibre dans la restitution du son (…) Notre corps est fait principalement d'eau, on absorbe le son comme un buvard absorbe l'eau, on le restitue avec notre passé, nos désirs, et nos envies. » Voilà ce que je ressens. Très exactement. Relire ces mots me chavire à nouveau. Écouter : c'est tout ce que je sais faire. De tout mon corps. Et de toute mon histoire. Écouter et graver patiemment le son sur le disque de mon Nagra. Preneuse de son qui ne prend rien. Le prélèvement de la réalité sonore ne retire rien au monde. Je suis celle qui écoute dans l'espoir de *faire parler les silences*. Ma quête n'est que ça. Je tire sur les fils de l'écheveau blanc en espérant dévider complètement la pelote.

Mon métier, plus qu'un geste, un savoir-faire, est une manière d'être au monde, ancrée au plus profond. Le casque sur les oreilles, je redeviens la gamine sous le sapin de Noël déglingué, la fille aux souliers en nubuck bleu délavé, sous le portrait de l'homme au pull rouge. Je suis l'enfant qui n'ose pas demander qu'on lui explique. Je suis celle qui se tait. Celle qui entend le coup de téléphone tardif, qui sonde le ton de la réponse de sa mère, celle qui cherche des indices dans la voix des adultes, dans le brouhaha ambiant, dans le bruit du monde.

Mon enquête : une course effrénée pour écouter. Fouiller dans toutes les directions, avec l'oreille. Que faire d'autre que de recueillir ces traces ? Geste dérisoire, geste vain ; qui ne pourra contredire ce qui est advenu, le tordre, l'effacer, le transformer. Accumuler des morceaux de mémoires. Des souvenirs tronqués, raccommodés, réécrits. Le récit que je m'en fais est déjà une fiction, comme le réel dans mes documentaires sonores. La réalité prélevée, une fois mise sur la *timeline* et agencée, ne saurait plus être du réel brut ; c'est une histoire. Mais une histoire vraie. Même si elle ne délivre aucun sens, elle permet, peut-être, de lui donner une forme.

Le micro est un outil inadéquat pour restituer notre écoute. Il est très en deçà de nos oreilles qui sont branchées sur notre cerveau et qui entendent avec nos désirs, nos souvenirs, nos rêves. Elles filtrent. Elles focalisent. Elles imaginent. Le micro prend tout. D'abord ce qui gêne. Le moteur de la voiture qui passe inopinément. Le ronronnement du réfrigérateur. L'oreille met cela de côté, l'annule. Elle met en jeu son pouvoir séparateur. Mon travail de preneuse de son réside dans cet écart. Impalpable. Je cherche à restituer avec mes micros, non pas ce que le réel produit, mais ce que mes oreilles entendent à partir de lui.

Restituer la singularité d'une écoute. Du réel entendu, passé par un corps, ressenti, désiré, rêvé. Mon enquête me confronte au même écart. Le heurt entre un enchaînement de faits objectifs qui définissent ce qu'est un accident et le besoin frénétique d'aller au-delà, de rendre la complexité du factuel par ce qui a été ressenti, vécu, par tous ceux qui y ont été liés, de près ou de loin. C'est cette version de l'histoire qui m'intéresse. Celle-là même que je cherche quand je prends le son.

Léonie vient me chercher dans le bureau. Impatiente de retrouver Luca, le fils des voisins : elle me tire par la manche. La soirée me ramène au rivage du présent. Léonie et Luca mangent un Esquimau à la fraise et sortent de table. On boit, on parle fort, on rit beaucoup. Les enfants sautent sur le canapé et crient. Au bout d'un moment, on ne s'entend plus. Je fais une suggestion pour les calmer : on pourrait les faire jouer aux Indiens morts ? Mes amis éclatent de rire. *C'est quoi ce jeu ?* Ils ne peuvent pas ne pas connaître. Ils y ont forcément joué, eux aussi, gamins. Céline, la voisine, finit par dire :

— Mais on jouait aux Indiens, pas aux Indiens *morts*.

Je revois les heures de calme qu'on offrait à notre mère, avec mes frères et sœur, en se tenant allongés sur le sol, raides morts. *Morts semblant*, on disait. On essayait de ne plus bouger. Ne plus parler. Ne pas rire, surtout. La ruse était belle. Elle se dénude soudain, dans le salon de mes amis. Je n'ai pourtant pas l'impression d'être quelqu'un de particulièrement crédule : la première à raccrocher aux démarchages téléphoniques, à ne jamais cliquer sur les liens d'e-mails douteux. Les règles du jeu m'étaient apparues incontestables, puisque édictées par ma mère. Mimer les morts. Aucun jeu ne rivalise pour obtenir le calme dans une maison. Mais je ne peux m'empêcher d'y voir la trace, presque indécelable, du chagrin qui rongeait ma mère. Le frère avait emporté avec lui toute l'enfance, qu'ils avaient joyeusement coulée à deux. Le noyau inséparable que les déménagements successifs du grand-père militaire, puis homme d'affaires, avaient rendu toujours plus soudé, avait fini par éclater. Un crash d'avion l'avait réduit en morceaux. Et plus jamais il ne serait possible de jouer aux Indiens. Les courses dans les couloirs de la maison de Douala, torse nu et traits de rouge à lèvres sur les joues, étaient devenues des souvenirs qui tordaient le cœur. Quels sons faisaient exactement leurs *ouh ouh ouh ?* La main qui se pressait sur la bouche pour battre le cri, l'appel. L'Indien était mort. Et nous, les enfants de Sylvie, n'avions pu jouer qu'aux Indiens *morts*.

On rentre tard, ce soir-là, Léonie et moi. Elle a joué aux pirates, les abordages successifs l'ont épuisée. Je la glisse dans mon lit, elle a encore la force de me dire, de sa petite voix : *c'est promis, c'est exceptionnel,* avec un sourire qui annonce des récidives. On dort l'une contre l'autre, et j'offre à ma mère, cette nuit-là, une coiffe d'Indienne faite de plumes blanches ; un oiseau danse dans la pièce d'à côté, il parle une langue que je ne comprends pas.

47

Je n'ai pas besoin de raconter mon rêve à Étienne. Il m'appelle, quelques jours plus tard. Une épaisse enveloppe vient d'arriver chez lui. Le dossier de gendarmerie ne tomberait dans le domaine public qu'au bout de soixante-quinze années, mais la dérogation nous a été accordée. Le procès-verbal de la commission rogatoire concernant l'information ouverte contre X, inculpé du chef d'homicides involontaires, tient là, en une soixantaine de pages dactylographiées. La lettre d'accompagnement du dossier nous informe qu'ils gardent à notre disposition une dernière planche photographique, susceptible de heurter notre sensibilité, qu'ils ont préféré retirer. Le dossier reprend en partie les éléments de l'enquête du BEA. Les auditions de témoins en sont l'exacte copie, à l'exception d'une. Le contrôleur aérien avait été interrogé une seconde fois. La première audition datait du 6 janvier, la seconde, du lendemain. Pourquoi les avoir fait monter en altitude ? Les inspecteurs avaient cherché à interroger son guidage avant de conclure à la nécessité d'éviter une collision avec un autre aéronef en approche. La bande enregistrée a été reprise et chronométrée. Une pluie d'étoiles émaille la transcription et signale les intervalles de dix secondes. Au terme du rapport, l'officier de police judiciaire conclut à l'imprudence dans ces conditions météo. La vrille a été amorcée en virage avec impossibilité de rétablissement de l'appareil du fait de la perte de référence au sol. Comme dans l'autre rapport, suivent des annexes nombreuses : cartes, plans des relevés, transcriptions diverses, télégrammes en lettres majuscules – stop – honneur de faire parvenir renseignements demandés – stop. Stop et fin. Tout tient là et recoupe ce qu'on a pu démêler au fil des mois et des rencontres. *Maintenant, il faut qu'on lui parle,* annonce Étienne.

C'est la fin du mois d'avril, on a prévu de se retrouver tous ensemble, lors d'un week-end prolongé de mai, sur l'île de Groix, Étienne, Adrien, Sarah, les conjoints, les enfants. On ne sait pas si on en aura le droit : le déconfinement n'a pas encore été annoncé. Le périmètre est à nouveau restreint, les enfants sont restés à la maison tout le mois. Quand on sait qu'on peut circuler, j'appelle Étienne : *c'est maintenant.* On invite notre mère à se joindre à nous. On ne peut plus reculer.

48

On prend le bateau à Lorient. J'arrive, lestée, dans la maison qu'on a louée pour l'occasion. Je participe aux conversations en cherchant l'opportunité de glisser vers l'échange qu'on attend et qu'on redoute : pour la première fois, lui parler d'Olivier et Yvonne. Évoquer l'accident. Frontalement.

Le premier jour à Groix tourne au fiasco. Yann est rentré de ses mois d'embarquement. Il n'arrête pas de me faire des signes : il faut y aller, maintenant. J'ai presque décidé d'en parler après le déjeuner, quand Étienne et Laurence redescendent de l'étage, livides. Test Covid positif d'un ami avec qui ils ont dîné l'avant-veille. Le réel de 2021 nous rattrape. Ils partent se faire tester. Pendant ce temps, l'ambiance se tend franchement. Ma mère flippe, on ajuste les masques sur le nez toutes les dix minutes, on se frictionne les mains avec le gel. Seuls les enfants perpétuent le vacarme ordinaire.

Au bout d'une journée, le ciel de Groix se dégage. L'ami est un faux positif. C'est samedi, il ne faut plus traîner. Quand, à table, notre mère évoque un souvenir d'enfance, on se dit que c'est le moment.

Étienne et moi, on l'attire dans le petit salon, en emportant un second café, on sent qu'on va en avoir besoin. Ça ressemble à tous les instants où l'on ne sait pas comment commencer. Tous ces seuils depuis lesquels on s'élance en sachant que les mots qu'on va prononcer vont changer définitivement le cours des choses. Déplacer les êtres que nous sommes. Imperceptiblement. L'aveu du sentiment amoureux, une rupture, l'annonce d'un décès. Bizarrement, ces instants se font écho. Une chute dans le vide dont on ne peut prévoir la réception. Un exercice de voltige non maîtrisé. Les mots pèsent. Peinent à sortir. Je parle d'abord d'autre chose. Je tourne autour, regarde mes pieds, me sens rougir. L'odeur du café m'écœure. Je passe mon index sur le rebord de la tasse en céramique sans anse. J'en suis le contour. Mouvement circulaire continu. Et puis, à un moment, je suis lancée. J'ai posé la tasse. J'ai mis bout à bout des mots, qui ont fini par former une phrase. Plusieurs. *Guilvinec, tombe, Olivier et Yvonne, accident, recherches.* Et puis cette question : *tu peux nous raconter, toi, comment tu as vécu ça ? Tu ne nous en as jamais parlé.*

On parle une heure. Peut-être deux. Sa voix fait des vagues mais ne sombre pas. Elle se souvient de tout, avec précision. La R5 beige, qu'elle a ramenée du parking de l'aéro-club. Le chien, qui attendait ses maîtres. La maison de Loctudy, qu'elle a vidée. La pellicule photo, remise par les gendarmes. La montre au verre cassé, retrouvée figée sur 17 h 22. L'argenterie Christofle pas encore déballée, reçue en cadeau de mariage. La boutique avait accepté de la reprendre. Et puis nous, ensuite, venus conjurer l'effroi long du 4 janvier. Pas par hasard qu'on était quatre. Il avait fallu ça.

Ma mère parle. J'écoute. Pour la première fois, je l'écoute, elle. Ma mère. Pendant des années, au fil des projets, j'ai enregistré des inconnus. J'étais celle qui se taisait pour écouter, avec passion. Mon silence invitait à la parole. Sauf avec ma mère. Depuis toujours, avec elle, mon silence était un rempart. Une exhortation à ne pas dire. Une prière. Une barricade dressée, par moi, par nous, ses enfants, par mon père, par tous les proches. On l'avait emmurée dans le silence. Elle s'était retrouvée ainsi : seule et empêchée de parler. Le silence de ceux qui ne veulent pas déranger, ceux qui n'osent pas, ceux qui sont trop jeunes, ceux qui ne comprennent pas, ceux qui ne veulent pas entendre, ne s'en sentent pas capables. On a toujours une bonne raison.

Ma mère dit la sidération qui confisque tout : les questions, les pleurs, la jeune fille insouciante qu'elle était. Les corps, qu'elle n'a jamais pu voir. L'endroit où ils sont tombés, où elle ne s'est jamais rendue. Alors comme ça, on y est allés, Étienne et moi ? Je lui demande pourquoi elle ne nous a jamais parlé de *Traoudec*. Pourquoi, quand je suis allée travailler là-bas, à Guidel, il y a deux ans, elle n'y a pas fait allusion non plus ? Elle l'avait découvert au hasard d'un acte notarié, vingt ans après. Elle savait que c'était proche de l'aéroport de Lann-Bihoué, mais *Traoudec* n'était sorti du brouillard que tardivement.

En fin d'après-midi, on sort tous prendre l'air, sur la plage des Grands Sables. Léonie me saute dans les bras. Tous ses cousins sont équipés de pelles et de seaux. Ils s'élancent déjà en courant vers le sable mouillé. Léonie et les enfants d'Étienne, Adrien et Sarah, se mettent à creuser un trou, avec l'espoir d'y capturer l'océan. Une brise porte leurs cris à nos oreilles. On se déchausse, on s'assoit sur le sable sec, en jeans et laines polaires, c'est mai et ses rayons tièdes : une promesse inaccomplie. On est seuls. On regarde les gamins, en contrebas, qui s'appliquent à pelleter. Les plus grands donnent des conseils, consolider là, creuser ici, puis s'y remettent, avec des pelles de bois et de métal ; les plus petits, têtus et téméraires, élargissent les parois avec des râteaux en plastique. Parfois, l'un d'eux ramasse un chapeau chinois, qu'il nous apporte comme un trophée.

Avec un sourire aux lèvres, ma mère contemple la troupe qui s'agite. La mer est calme. Elle monte : des vagues grises et molles viennent lécher le sable à quelques dizaines de mètres du trou béant. On ne dit rien. On partage l'instant, ensemble. On regarde les enfants ou bien l'horizon derrière eux. La lumière commence à tomber. C'est doux tout à coup, ce vent qui berce, ce sable qui chatouille les pieds, ces cris d'enfants. C'est tendre, ce qui flotte entre nous, dans le souffle extérieur. On se regarde, Étienne et moi, sonnés mais sereins. On s'enivre de l'air du soir. La plage de Groix ne ressemble pas à celle de Tréguennec, mais elle s'incruste dans nos pensées à tous les deux, je crois.

On reste un long moment ainsi, jusqu'à ce que l'eau s'engouffre dans la cavité creusée par les enfants. Ils reculent. Certains portent la trace de l'eau salée sur le revers du pantalon. Ils lèvent les bras au ciel et poussent de grands cris quand la mer recouvre tout. On les rejoint pour dessiner un cordon de formes humaines. On contemple avec eux la surface accidentée du sable et le mouvement de l'océan qui va et vient, comblant peu à peu leurs efforts, avant de tout ensevelir pour laisser une surface vierge, prête à tous les recommencements. Une mouette esseulée observe la scène un moment en tournoyant, avant de se poser à côté de nous. On forme une ligne qu'elle complète, sans s'effaroucher de notre présence. En croisant son œil rieur, j'ai l'impression qu'elle n'est pas là par hasard. Elle demeure un instant et s'envole en laissant derrière elle une plume blanche, qui tourbillonne avant de se déposer sur le sable. Léonie ramasse ce trésor, qu'elle agite dans sa main.

On se disperse le dimanche. Étienne et moi, on s'embrasse sans respecter les consignes du gouvernement : on est fiers d'avoir accompli ce qu'on s'était fixé comme une mission. On se quitte en se disant que ça vaudra le coup, demain, d'écrire un message à notre mère. Le 17 mai. Une date qui ne signifiait rien pour nous, quelques mois plus tôt. La date de naissance d'Olivier, celle qui figurait sur les actes. Le 17 mai 2021, notre oncle aurait eu soixante-dix ans. Je pense aux publicités en marge des pages Internet qui proposent de découvrir la tête de telle ou telle personnalité connue avec quarante ans de plus. Je n'arrive pas à imaginer son sourire sous un masque. Quelle tête aurait-il aujourd'hui ? Quelle voix aurait-il ?

Quelle voix avait Olivier ? Et Yvonne ? Moi qui passe mon temps à enregistrer, tendre des micros à des inconnus et recueillir avec le plus de douceur possible le son des voix, je reste face à cette inconnue. J'ai beau avoir rassemblé des centaines de pages de documents, fouillé les services des archives, trouvé des lettres et des photos, interrogé les mémoires : aucune image de papier glacé, aucun récit, aucune ligne à l'encre noire ne me rendra de son. Une butée. Olivier dans son costume de marié et Yvonne dans sa robe de crêpe. La traîne de dentelle flotte au vent. Le film muet en noir et blanc défile dans ma tête, en boucle. Des images sans son. Toujours les mêmes. Mon cerveau ne peut leur donner corps qu'ainsi. Les jeunes mariés en train de poser, les marches d'une mairie, des sourires, une fête, une pièce montée, le tarmac d'un aérodrome, un Jodel quadriplace, Yvonne sur la banquette arrière. Des bribes d'eux projetées à partir de la lente auscultation des traces. Les mariés. Les passagers du Jodel. Cette image d'eux, fabriquée, fictionnée. L'oncle et la tante, que j'ai presque eu l'impression de connaître. Des disparus, qui ne le sont pas. Des inexistants. Je ne les ai jamais rencontrés.

Sonder le silence les a fait advenir. Mais le film tourne court. Le banc de brume s'est dissipé : je les vois. Pourtant, je ne les entends pas. Je n'aurai pas accès à leur voix : aucune archive ne me la livrera, et mon imagination ne suffira pas. Impossible de leur donner voix. Tout juste une fiction de voix, tirée des lettres récupérées chez Paf. Je suis incapable d'imaginer Olivier prononcer d'autres mots. Il est pour toujours le séducteur qui donne des leçons de drague et ce type qui hurle : « On se casse la gueule ! » Rien d'autre ne naît dans mon cerveau. Leurs voix m'échappent. La preneuse de son n'embrasse que le silence. Et mon micro ne sert à rien.

Je me revois marcher au fil de la Loire, plusieurs mois, il y a quelques années, pour y enregistrer des inconnus. Tendre le micro et les écouter. Leurs voix passaient par mes oreilles. Par mon corps. Quelque chose d'eux me traversait. Je les enregistrais comme on recueille une confidence ou un cri. Quelque chose qu'on donne, qui existe au-delà des mots, des histoires ou du sens ; car la voix livre bien plus. La voix est dans ses silences, dans ses heurts, dans son grain. La voix échappe à ce qui s'énonce. Elle appartient à celui qui parle autant qu'à celui qui l'écoute. Elle se donne. De corps à corps. De la vibration de l'émission à la vibration de la restitution. Elle ne ment pas. Elle est ce qui fait qu'on reconnaît quelqu'un. Dans la voix se tapit l'être. Irréductiblement.

J'ai beau tendre l'oreille pour entendre Olivier et Yvonne : l'onde sonore ne se propage pas.

Alors je fais ce que font les preneurs de son : je fais parler leur silence.

49

J'écris à ma mère que je pense à elle, un 17 mai. Pour la première fois, elle sait qu'on est là, à ses côtés, ce jour-là. Elle me répond ce qu'elle n'est pas parvenue à formuler sur l'île de Groix. Merci pour ce qu'elle appelle *notre quête mémorielle*. Merci pour cette recherche, qu'elle n'a jamais pu mener. Longtemps, il y a eu la paralysie après la sidération, il y a eu l'envie d'afficher l'image de la fille sur qui ses parents pouvaient compter, la restante, qui se bat pour avancer, qui ne sombre pas, n'en a pas la possibilité, de la mère qui se doit d'être aux rires et aux larmes de ses quatre bambins. Les années se sont empilées comme ça et la douleur s'est tassée. Inentamée, pourtant. Elle a ajouté un dernier *merci* au bas de son message qui ramasse pudiquement son émotion. La mienne est là.

Le soir, Adrien et Sarah nous écrivent. Ils se réjouissent qu'on ait trouvé la force d'en parler avec notre mère. Ils n'ont pas été d'une *grande aide*, mais ils commencent à mesurer l'importance de nos recherches : on saura sans doute mieux regarder l'horizon. Ils ont eu besoin de temps pour le comprendre. Ils reparlent du week-end à Groix, et de la bascule de l'air insoupçonnée qui s'y est jouée. Visiblement, eux aussi l'ont sentie. Ils y apposent des mots simples : *moments ensemble, histoire enfin racontée, précieux.*

Je leur transfère l'oraison de Pierre-Alain. *Olivier était un amoureux de la vie, il savait jouer avec elle pour en transcender la banalité. Il cultivait en lui une part d'insouciance qui n'appartient qu'à l'enfance. Olivier nous invite à aimer la vie.* Paf avait terminé par cette phrase au présent. L'exhortation m'éclate à la figure avec sa force neuve, actuelle. Un fruit mûr qui tombe dans mon salon. L'énergie vitale de l'oncle : un influx dans lequel je puiserai.

Parler est devenu possible. C'est comme si l'océan avait rompu la digue. Plus rien ne pourra l'arrêter et l'eau est une sève pour l'avenir. Quelque chose de solidifié au creux du corps m'y fait croire. Une évidence nouvelle qui a pris naissance sur la plage des Grands Sables. Tant de mots et de moments qu'on va pouvoir partager désormais – le tabou déminé. Étienne m'appelle, il a reçu les mêmes messages que moi. Il est heureux. Avant de raccrocher, il me confie qu'il a pas mal repensé, ces dernières semaines, à cette histoire de bébé, aux Le Guen de la ferme de Traoudec, persuadés qu'Yvonne était enceinte. Peut-être qu'on ne saura jamais vraiment, ou peut-être qu'ils ont tout simplement imaginé ça, mais en tout cas, ça lui a permis de *comprendre des choses* sur lui. Notre enquête n'est que ça : un bain révélateur. On plonge le film photographique de l'accident de notre oncle dans la cuve, on en ressort une image de nous.

Je repense à cette piste qu'on a remontée comme des fous et qui s'est avérée douteuse. Je revois les photos d'Olivier et Yvonne avec le chiot, images d'un couple en marche vers une famille qu'ils auraient fondée peu après. Est-ce qu'Étienne a imaginé des liens entre les difficultés qu'il a rencontrées pour avoir sa fille et la trajectoire d'Olivier, qui n'a pas eu le temps d'être père ? La résonance de l'histoire de l'oncle sur la vie de mon frère m'apparaît. Mais j'ai l'impression qu'elle est passée du son grave et inquiétant d'un bourdon dont on ne sait rien à une mélodie plus claire, qui accompagne, de loin. Les signes ont changé de camp.

Avant le dîner, je rejoins Léonie sur la terrasse. Elle tourne le robinet extérieur pour remplir un arrosoir rose. Sa mission du soir. Elle prend son rôle très à cœur. Je pense au dossier, sur mon bureau, avec les articles, les archives, mes notes. Tout ça, je pourrai lui transmettre, un jour. Léonie s'approche des fraises en bordure des lattes de bois. Elle s'applique à verser l'eau sur les plants, puis, s'apercevant qu'il en reste, elle s'approche du grand pot de terre cuite dans l'angle de la terrasse. Du regard, elle cherche mon approbation.

— Oui, tu peux l'arroser aussi, Léonie. Tu sais que l'olivier, c'est un arbre symbole de paix, de réconciliation et de longévité ? On dit qu'il est éternel.

— Tu crois qu'il grandira toujours ?

Plus tard dans la soirée, par un second message, ma mère ajoute, sans autre explication : *en 1962, mes parents ont baptisé la villa de Saint-Aygulf où nous passions nos étés* : *Shangri-La.* Je ne sais pas si je dois attribuer la juxtaposition laconique à sa pudeur ou au style télégraphique qu'elle adopte lorsqu'elle tape un message sur son smartphone, qu'elle maîtrise mal. En cherchant, je découvre que c'est le nom du paradis dans les cultures asiatiques. Une notice Wikipédia m'apprend que, dans le roman *Lost Horizon,* de James Hilton, adapté au cinéma par Frank Capra, Shangri-La désigne un lieu imaginaire aux confins du Tibet. Dans le livre comme dans le film, des rescapés d'un accident d'avion parviennent à atteindre une lamaserie utopique « Shangri-La », où le temps est suspendu, *dans une atmosphère de paix et de tranquillité.*

Je l'imagine, Olivier, rescapé du Jodel, filer vers ce paradis éternel, avec Yvonne. Des collines gorgées de soleil derrière des plateaux rocheux. L'oncle se plaît à nous faire des clins d'œil de là-bas. C'est lui qui dispose les indices sur le chemin qui m'a menée là, jusqu'à ma mère et jusqu'à moi-même. J'imagine les cris d'Indien qu'il pousse, éternel joueur aux longues plumes. Une image muette : main plaquée sur la bouche, battements rapides. Pas de son. Aucune coiffe bigoudène n'atteindra la hauteur de sa coiffe d'Indien. Elle est faite des plumes blanches de l'oiseau de mon rêve.

Et l'Indien mort nous sourit pour toujours.

Composition : IGS-CP à L'Isle-d'Espagnac (16)
Achevé d'imprimer
par CPI Firmin-Didot
à Mesnil-sur-l'Estrée, en décembre 2023
Dépôt légal : décembre 2023
Numéro d'imprimeur : 177502

ISBN : 978-2-07-303520-2/Imprimé en France

612787